Hannelore Rosi

Die Suche nach dem Glück

Hannis Memoiren

Umschlag, Illustration: tredition GmbH,
Hamburg

Rolf Wiesenhütter

Verlag: tredition GmbH, Hamburg

ISBN:

Paperback: 978-3-7439-3801-4

Printed in Germany

Inhalt

I.   Zum Anfang!   9

II.   Erinnnerungen!   14

III.   Unser Freund Karl Leukert!   23

IV.   Ein großes Unglück!   28

V.   Das Haus der Barmherzigkeit!   33

VI.   Meine Schwester Erna!   63

VII.   Die Reise nach Israel!   70

IIX.   Meine erste Ehe!   80

IX.   Die große Versuchung!   102

X.   Der Neuanfang!   113

XI.   Mein zweites Leben!   123

XII.   Freude am Gesang!   132

XIII.   Meine erste Reise nach England!   139

XIV   Treffen eines alten Freundes!   156

XV   Mein Bruder Wilfried!   163

XVI.   Martina und Michael!   167

XVII.   Das Schwarzwaldhaus!   178

XVIII. Der Tod meiner Mutter!   182

XIX.   Das Haus in Travemünde   186

XX.   Nachsatz   191

XXI.   Israel, unser Favorit   201

XXII.   Nachsatz 2   208

I.   Zum Anfang

Lebensgeschichten sind vergleichbar mit Bildergalerien, sie zeigen dem Zuschauer farbenprächtige Bilder, mit wunderschönen Landschaften voller Heiterkeit. Jedoch gehören eben auch die dunklen dramatischen Gemälde dazu, die eine Galerie abwechslungsreich und ebenso auch spannend machen, denn, sie sind es eigentlich, die den Zuschauer in ihren Bann ziehen, ja, sie geben ihm Raum zum Nachsinnen über die Vielschichtigkeit des Lebens. Genauso habe ich es empfunden, als ich anfing, über meine Vergangenheit nachzudenken. Es offenbarten sich mir die bunten, heiteren Bilder in einer Schwerelosigkeit, auch einer Fröhlichkeit, aber, es waren ebenso die dunklen, sehr dramatische Nuancen, die zum Nachdenken anregen. Mein Name ist Hannelore, meine Eltern nannten mich jedoch nur schlicht und einfach „Hanni". Trotz der vielen Entbehrungen durch die Nachkriegszeit hatte ich eine sehr unbeschwerte Kindheit erlebt, obwohl diese Zeit für meine Eltern eine sehr starke Herausforderung war, denn es gab kaum etwas zu kaufen, weder Lebensmittel, noch sonst etwas, was man zum Leben brauchte. Die Folge waren große Hungersnöte, die sich im ganzen Land ausgebreitet hatten.

Nun habe ich die Siebzig an Jahren überschritten und kann im Nachhinein gelassener auf meine Vergangenheit zurückschauen, kann mit den vielen guten, wie auch mit den weniger guten Erinnerungen rückblickend besser umgehen. In diesem Alter hat man doch schon einen gewissen Abstand zu dem gewonnen, was das Leben einst so schwer gemacht, und die Seele dabei stark belastete.

Recht früh hatte ich damit angefangen, regelmäßig Tagebuch zu führen, um meine Seele von all dem zu entlasten, was sie manchmal doch bedrückte. Schließlich hatte ich mich sogar dazu entschieden, all diese Erinnerungen aufzuschreiben, vor allem aber dann auch gerade die Ereignisse festzuhalten, über die ich mit niemanden sprechen konnte. In der Zwischenzeit hatte ich festgestellt, dass die guten, wie auch die weniger guten Erfahrungen mich für mein späteres Leben gut vorbereitet hatten. Vor allen Dingen ist es mir besonders wichtig geworden, jeden Tag so authentisch zu leben, als sei es mein letzter Tag. Daraufhin hatte ich mich auch dazu entschieden, möglichst jeden Stress zu vermeiden, mich auch dort zu distanzieren, wo negative Schwingungen sind. Genauso halte ich Distanz zu den Menschen, die eine negative Aura um sich verbreiten. Gut zu verstehen, dass ich daher stets ein harmonischer, fröhlicher Mensch war, und stets versucht hatte, die Welt von der heiteren Seite zu sehen. In meinem Elternhaus wurde niemals gestritten, ich hatte es jedenfalls nie erlebt. Das war dann wohl der Grund, warum ich mich vor allen Konflikten scheute, es war mir deswegen auch nie gelungen, mit ihnen richtig umzugehen, versuchte stets vor ihnen zu fliehen, was sich bis heute leider nicht geändert hat.

Der Lernprozess war jedoch eine sehr starke Herausforderung, so dass ich oft an meine Grenzen gelangt bin. Es kostete mich jeweils sehr viel Kraft, um diesen inneren Frieden zu kämpfen. In meinem Alter habe ich diese Kraft nicht mehr, und so bleibt mir nichts anderes übrig als mich vor Konflikten abzuwenden und zu Schweigen. An den erwachsenen Kindern erkennt man später, wie man ihnen darin ein gutes oder weniger gutes Vorbild gewesen ist, eben an der Weise, wie sie wiederum mit ihren Konflikten fertig werden, denn das Leben ist eigentlich ein steter Kampf. Dann kam mir eines Tages die Idee, all die vielen guten und weniger guten Eindrücke der Vergangenheit, auch gerade die besonderen Erlebnisse meines Lebens niederzuschreiben. - Bei all den vielen Erinnerungen, muss ich hier rückblickend feststellen, wie gut es mir jetzt eigentlich geht. Mit meinen fünfundsiebzig Jahren stelle ich fest, wie fit ich bin, da ich stets sportlich aktiv war und es auch immer noch bin. Ich versuche auch kosmetisch alles zu nutzen, um das Alter zu ignorieren, dabei ist für uns eine gute ausgewogene Ernährung besonders wichtig. All diese Möglichkeiten nutze ich, um meinem jüngeren Mann attraktiv zu bleiben und bin wohl auch gut davor!

II . Erinnerungen!

Wir sitzen oft im Wintergarten und lassen den Blick schweifen über den wunderschönen Garten, der wie ein Park angelegt ist. Die uralten knorrigen Obstbäume erinnern an eine eigene lange Geschichte. Trotzdem erleben sie Jahr für Jahr eine Zeit der Blüte, das Bilden der Fruchtstände, und dann erkennt man auch bald die wunderschönen, wohlschmeckenden, saftigen Äpfel. Im Herbst fallen die letzten nicht geernteten Früchte zu Boden und schließlich auch dann das bunt gefärbte Laub. So stehen diese Bäume wie Denkmäler an ihren Plätzen und erinnern an gute wie auch an weniger gute Zeiten, sichtbar an den vielen Narben in der Rinde. Genauso stellt sich die Lebenszeit eines Menschen in seinem äußeren Bild dar. Dann entdeckt man bald die kleinen und größeren Skulpturen, die etwas versteckt erst beim näheren Hinsehen zu entdecken sind, sie sind es dann, die diesen Eindruck verzaubern und die Fantasie anregen. Das Wasser im Teich ist bewegt von den Fischen, die nach Insekten schnappen. Vögel setzen sich an den Rand des Wassers, um sich an dem köstlichen Nass zu laben, um dann auch ein erfrischendes und reinigendes Bad zu genießen. Ja, es ist ein wunderschöner Platz zum Nachdenken und zum Träumen, diese Stille lädt dazu ein. Wenn ich mich dann meinen Erinnerungen so hingebe, dann komme ich immer wieder zu der Feststellung, dass ich diesen Frieden und diese Gelassenheit nicht immer hatte. Da war ich in Krisen und in Situationen geraten, die mich völlig aus dem Gleichgewicht gebracht hatten, ja bis an den Rand des Erträglichen.

Dieses harmonische Mädchen, das ich es seit frühester Kindheit war, hatte es einfach niemals richtig gelernt, mit Konflikten umzugehen, nein, es fühlte sich eher einer Elfe gleich, die mit einem Zauberstab Harmonie, Glanz und Heiterkeit um sich verbreiten wollte. Darum ist es wichtig, diese Geschichte von Anfang an aufzurollen. Diejenigen, die ein geschichtliches Bewusstsein haben, erinnern sich an den letzten Weltkrieg. Es war einer der grausamsten Kriege, doch was alles an Grausamkeiten übertroffen hatte, war die Judenverfolgung durch das Hitler Regime. Genau zu dieser Zeit, nämlich im Jahre 1942 sollte ich im Sommer geboren werden. Lübeck war zu der Zeit der Wohnort meiner Eltern. Ein Angriff der Engländer auf diese Stadt, veranlasste meine Mutter in ihrem Zustand mit der kleinen dreijährigen Schwester Erna, zu ihren Eltern in die kleine Stadt Schweidnitz (Schlesien) zu reisen.

Dort, in Schweidnitz suchte sie Schutz und Hilfe, und so bin ich dann auch in dieser Stadt in Schlesien zur Welt gekommen, ja, noch in eine „heile" Welt. Doch, das blieb nicht lange so, denn der Krieg rückte immer näher. Für meine Mutter gab es nur einen Weg, so schnell wie möglich mit meiner Schwester und mit mir, als kleines Bündel verpackt, wieder zurück zu unserem Vater nach Lübeck zu fahren. Man kann sich gut vorstellen, dass eine Reise mit zwei kleinen Kindern zu dieser Zeit, wo eben auch gleichzeitig tausende von Flüchtlingen unterwegs waren, eine unsagbar starke Herausforderung für Mutter und Kinder war. So bin ich dann in Schweidnitz geboren und in Lübeck-Kücknitz aufgewachsen, wo mein Vater durch die Firma Dornier, bei der er zu der Zeit gearbeitet hatte, bald ein Haus erwerben konnte. Von all der Not und den Sorgen unserer Eltern hatten wir als Kinder nicht vieles mitbekommen, wir waren stets von Fröhlichkeit und Harmonie umgeben. Zwölf Jahre später gesellte sich noch ein kleines Brüderchen dazu, der ersehnte „Stammhalter". Meine Eltern waren überglücklich und gaben ihm den Namen Wilfried. Er war ein allerliebstes kleines Geschöpf. Meine Schwester Erna kümmerte sich liebevoll um ihn, da sie eine besondere Zuneigung zu Kindern hatte, die dann auch später ihre Berufswahl sehr beeinflusste.

Da es zu der Zeit meiner frühsten Kindheit wenig oder kaum etwas zu essen gab, waren meine Eltern stark herausgefordert. Zum Glück konnten sie dieses Siedlungshaus mit dem sehr großen Garten erwerben, die Firma Dornier, in der Vater damals Arbeit fand ermöglichte dieses Projekt. Diese Siedlungsanlagen war auf niedrigstem Niveau erbaut worden, die sanitären Anlagen waren gemäß der Zeit entsprechend "einfach" für heutige Maßstäbe unvorstellbar. Leider war der Erwerb von Saatgut zu der Zeit ebenso schwierig. So mussten wir uns mit Basisgemüse begnügen, und das waren Kartoffeln und Steckrüben. Dieses war natürlich keine sehr schmackhafte Kombination, auch kein Leckerbissen, das kann man sich wohl gut vorstellen. Kaum zu denken, dass so etwas überhaupt schmecken sollte, denn es war weder Fleisch noch Fett dabei. Dann wurde eine besondere Speisung für die Kinder eingerichtet, die an zentralen Stellen verteilt wurde. Mit dem kleinen Henkeltöpfchen aus Aluminium, mussten wir einen sehr langen Weg laufen, um unsere Essens-Ration abzuholen, eine Brühsuppe, die kaum Gemüse enthalten hatte. Jedoch konnte dieses undefinierbare „Essen" unseren Hunger kaum stillen! Unser recht großes Grundstück endete fast am Rande eines Waldes mit sehr altem Baumbestand, jedoch getrennt durch eine Bahnlinie, die zwischen Lübeck und Travemünde verlief. Dieses schon damals berühmte Ostsee-Kurbad mit dem prachtvollen Casino, war ein Anziehungspunkt für die Reichen, unter anderem kamen auch Filmstars, von denen es zu der Zeit nicht so sehr viele gab. Den kleinen Bahnhof nutzten wir hin und wieder um dorthin zu fahren. Meistens sind wir Kinder jedoch mit dem Fahrrad an die Ostsee gefahren, vor allem in der Sommerzeit, wo wir dann das schöne Wetter nutzen konnten, um uns dort in den Wellen zu tummeln. Der wunderschöne Laubwald war gleichzeitig für uns Kinder ein Abenteuerspielplatz. Um auf dem kürzesten Weg in diesen Wald zu gelangen, sind wir verbotener Weise über die Bahngleise geklettert. Es war nicht ganz ungefährlich, für uns war es aber eben der kürzeste Weg.

Das nahegelegene Waldhusener-Moor lag verträumt auf der linken Seite des Waldes. Wir nutzten es im Winter zum Schlittschuhlaufen, wobei wir besonders auf die warmen Quellen achten mussten, wegen der unterschiedlichen Eisdichte. Dieses Moor war auch im Sommer für uns Kinder sehr reizvoll. Durch den Torfabbau hatten sich viele kleine Inseln gebildet. Mit anderen Kindern zusammen fühlten wir uns mutig genug, auf diese Inseln zu gelangen, und natürlich wollte einer den anderen übertreffen. Nun, ein Feigling war ich nicht, so nahm ich auch allen Mut zusammen und bin ebenso gesprungen. Bei einem dieser Ausflüge wäre mir dieses Wagnis beinahe sehr zum Verhängnis geworden. Ich wagte einen Sprung auf eine dieser kleinen Inseln, und plötzlich gab der Boden unter mir nach und, ich drohte zu versinken. Ein kleiner Strauch hinter mir gab mir nur wenig Halt, aber er war meine Rettung. Dem Herrn sei Dank. Auf diese Weise merkte ich schon früh, dass ich stets zu kleinen Abenteuern bereit war.

Der kleine „Kücknitzer- Bahnhof" am Waldrand, hinter unserem Garten ist mit Sicherheit in die Geschichte eingegangen, er war eine Station zwischen Lübeck und Travemünde. Zu jener Zeit waren Tausende von Flüchtlingen unterwegs, denn es war Kriegsende, und viele Menschen aus den Ostgebieten mussten mit den wenigen Habseligkeiten, die man eben tragen konnte, ihre Heimat verlassen um in sicheres Land zu fliehen. Sie hatten dort in den Kriegsgebieten Haus und Hof, Hab und Gut zurück lassen müssen. Sie mussten eigentlich alles stehen und liegen lassen, was nicht als Handgepäck zu transportieren war, immer in der Hoffnung, nach dem Krieg wieder zurückkehren zu können. So wurde schließlich dieser kleine Kücknitzer Bahnhof zur Endstation für Hunderte von Flüchtlingen. Wir konnten von unserem Haus aus die total überfüllten Züge sehen. Die meisten dieser Flüchtlinge wurden in dem berüchtigten Pöppendorfer Flüchtlingslager untergebracht.

Als Kinder hatten wir uns gewagt, verbotener Weise, zu dieser Zeit in den Wald zu gehen. Wir sahen diese bedauernswerten Menschen in ihrem elenden Zustand, hatten jedoch nicht begriffen, warum sie dort eigentlich eingesperrt waren. Es war das pure Entsetzen für uns, diese ausgemergelten Menschen zu sehen. Da wir selbst kaum etwas zum Essen hatten, war es uns nicht einmal möglich, ihnen etwas zu geben. Zum Glück war diese Unterbringung für sie alle nicht die letzte Lösung.

III.   Unser Freund Karl Leukert!

Ein guter Freund unserer Familie arbeitete dort in diesem eben streng bewachten Lager und hatte uns dann auch von diesen katastrophalen Zuständen berichtet. Ja, Karl Leukert war von uns allen geliebt durch seine freundliche, liebe, zurückhaltende Art. Wir verbrachten durch unseren gemeinsamen Glauben viel Zeit mit Gesang und Andachten, die diesen Glauben festigten. Die Erfahrungen, die wir dadurch machten, hatten uns damals sehr viel Kraft gegeben, überhaupt durchzuhalten. So hatte sich dieser damals noch kindliche Glaube aber so gefestigt, dass er natürlich mein ganzes Leben prägte. Er hatte mich letztendlich auch vor dem bewahrt, den letzten „Schritt" zu tun. Es wurde eine tiefe Freundschaft zwischen meinen Eltern zu Karl und auch dann später zu seiner Frau Ruth, die er einige Jahre später geheiratet hatte. Sie waren stets im engen Kontakt. Sie hatten viele gemeinsame Wandertouren, unternommen, vor allem ging es dann auch ins Hochgebirge.

Eine dieser Reisen wurde für alle zu einem traumatischen Erlebnis, denn es hatte sich etwas Schreckliches ereignet: auf einer dieser gemeinsamen Bergwanderungen in Österreich, bekam meine Mutter plötzlich so starke Kopfschmerzen, dass es ihr nicht mehr möglich war, die Wanderung fortzusetzen. Das bedeutete, dass die Bergwacht sofort den Notdienst benachrichtigte. So schnell wie möglich wurde sie dann mit dem Hubschrauber in die nächste Klinik nach München gebracht. Man befürchtete das Schlimmste. So kam es dann auch dort zu einer sofortigen Notoperation am Gehirn. Ja, es war den Ärzten tatsächlich gelungen, durch eine komplizierte, sehr lange Operation, den Grund für diese Blutung zu beheben, und damit konnten sie meiner Mutter das Leben retten.

Für uns alle war es ein Wunder, ja, eine Gebetserhörung, vor allem für meinen

Vater. Er war während der ganzen Zeit, bei ihr geblieben, er übernachtete in einer Jugendherberge, denn für ihn war die Nähe zu seiner geliebten Frau unendlich wichtig. Dadurch war es ihm möglich, über einen längeren Zeitraum täglich bei ihr zu sein. Die Operation war gelungen, doch sie befand sich danach sehr lange Zeit in einem Wachkoma, war also nicht ansprechbar, jedenfalls ohne eine Reaktion. Mein Vater hatte trotzdem Tag für Tag an ihrem Bett gesessen und ihr aus seinen Tagebüchern vorgelesen. Er wollte ihr durch diese Lesungen helfen, sich wieder zu erinnern um ihre Identität neu festzumachen. In allem hatte er eine unendliche Geduld dabei, obwohl zunächst keine Veränderungen ihres Zustandes zu erkennen waren.

Meine Schwester, die zu der Zeit schon längere Zeit in England wohnte, hatte sich dann sofort auf den Weg nach München gemacht, um meinen Vater zu entlasten. Sie hatte dann alles in die

Wege geleitet, um eine Möglichkeit zu finden, unsere Mutter nach Lübeck bringen zu lassen, um mit direktem Kontakt zur Familie, in der hiesigen Uni-Klinik weiter behandelt werden zu können. Schließlich war es ihr gelungen, Kontakte zum SOS-Notdienst zu finden, der dann tatsächlich unsere schwerstkranke Mutter per Hubschrauber nach Lübeck gebracht hatte. Den hiesigen Ärzten war es mit viel Geduld schließlich gelungen, sie wieder so weit zu aktivieren, dass sie nach einem dreiviertel Jahr Klinikaufenthalt, wie durch ein Wunder, ihre Sprache zurückgefunden hatte. Doch, wie war diese plötzliche Veränderung ihres Zustandes geschehnwas war die Ursache? Selbst die Ärzte fanden keine Erklärung dafür.

Nun, es hatte sich folgendes ereignet: während dieser Zeit war ich in London gewesen, und von dort hatte ich für sie ein kleines Präsent mitgebracht. Es handelte sich um ein ganz kleines Duftkissen aus feinstem Batist, bestickt mit einem großen „E" von Blüten umrahmt. Als ich sie dann nach meiner Reise besucht hatte, legte ich dieses Kissen in ihre Hand. Was dann daraufhin geschehen war, übertraf all unsere Vorstellungen: sie deutete mit dem Finger auf den Buchstaben und sagte „ein E"! Ein Wunder war geschehen! Völlig überrascht und voller Freude sahen wir uns alle an: es waren die ersten Worte meiner Mutter seit einem halben Jahr. Man kann sich kaum vorstellen, welch eine Freude uns alle, die dabei waren, bewegte. Selbst die Ärzte konnten diese plötzliche Wende ihres Zustandes medizinisch nicht erklären. Von der Zeit an entwickelte sie sich prächtig, und jeden Tag kamen mehr und mehr Worte dazu. Nach einem Kuraufenthalt konnte sie dann wieder in ihr normales Leben zurückkehren. Langsam, aber beständig wurde ihre Selbstständigkeit wieder völlig hergestellt.

IV. Ein großes Unglück!

Das große Glück meiner Eltern dauerte nicht sehr lange. Meinem Vater hatte diese sehr aufregende Zeit viel Kraft und Energie gekostet. Keiner hatte es ihm angemerkt, wie es ihm wirklich gegangen war, denn über sein Befinden hatte er niemals gesprochen, nicht einmal mit einem Arzt. So war dann plötzlich etwas geschehen, was uns alle an den Rand unserer Vorstellungen brachte. Die Schwester meiner Mutter aus Bayern war gerade zu Besuch bei meinen Eltern. Sie hatten alle miteinander viel Freude gehabt. Abends hatte meine Mutter meinen Vater gebeten, für sie einen wichtigen Brief in den Briefkasten einzustecken. Ich glaube, er hatte ihr niemals widersprechen können. So ist er fröhlichen Mutes gegangen, wie es stets seine Art war, meine Tante hatte ihn dabei begleitet! Doch, was dann geschehen war, versetzte uns in tiefste Trauer: dieser Weg war sein letzter Weg.

Was war geschehen? Meine Tante schilderte später völlig fassungslos, was passiert war: Mein Vater hätte sie gebeten, nachdem er den Brief eingesteckt hatte, trotz der Dunkelheit, mit ihm in den Wald zu gehen, was ihr sehr merkwürdig erschien. Ein ängstliches Gefühl überkam sie, als sie am Waldrand, hinter der Bahnlinie, angekommen waren. Dieser Weg war stets unser Familienspaziergang gewesen, um dort in der Stille die Natur zu erleben. An unserem Lieblingsplatz blieb er plötzlich stehen, so schilderte es meine Tante, er schien starke Probleme zu haben, woraufhin er dann aber auch ebenso plötzlich zusammengebrach. Völlig hilflos lief meine Tante in eines der beiden nahegelegenen Waldarbeiterhäuser und bat um Hilfe. Man hatte sofort den ärztlichen Notdienst gerufen, der auch recht bald vor Ort war. Jedoch, kein Arzt der Welt hätte ihn je wieder beleben können, denn er war ruhig und sanft an unserem Lieblingsplatz, am Rande des Waldes, für immer eingeschlafen.

Wir alle, die wir telefonisch informiert wurden, waren auf schnellstem Weg gekommen, um meiner Mutter in der schwersten Stunde ihres Lebens bei zu stehen, doch ebenso fassungslos konnten wir das, was passiert war, nicht realisieren. Bei diesem schmerzlichen Verlust und der großen Trauer, kamen wir letztendlich jedoch zu der Einsicht, dass es eigentlich Gottes herzliches Erbarmen war, ihn auf diesem Wege zu sich zu holen.

Mein Bruder Wilfried und seine Frau Sabine, fanden in dieser schwierigen Situation, die nun für meine Mutter folgte, eine wirklich gute Lösung! Da sie nach ihrer schweren Erkrankung eigentlich selbst noch Hilfe benötigte, war sie nun völlig überfordert, sich um dieses Haus mit dem großen Grundstück alleine zu kümmern. So besorgten sie eine schöne große Ein-Zimmer-Wohnung ganz in ihrer Umgebung und übernahmen dann das Haus „Am Wallberg". Im Nachhinein bin ich meinem Bruder

Wilfried und seiner Frau, heute noch unendlich dankbar für ihr großes Engagement Diese Aktion mit dem Umzug meiner Mutter, der Auflösung des Haushalts, und der dazugehörige große Umbau des Hauses, den sie vornehmen mussten, um überhaupt darin wohnen zu können, das alles hatte sie sehr stark herausgefordert. Sie hatten körperliche und nervliche Kraft einsetzten müssen, ebenso große finanzielle Mittel, um dieses Projekt überhaupt zu bewältigen. Sicherlich ist das auch ein Grund, dafür gewesen, warum mein Bruder lange Zeit mit mir keinen Kontakt mehr haben wollte. Wann immer ich einen Versucht startete, meinen Bruder anzusprechen, bekam ich keine Verbindung weder telefonisch im Büro, noch bei ihm zuhause.

Ich fühlte mich daraufhin hilflos und traurig! Nach vielen Jahren hatte ich mich entschlossen, und ihm eines Tages einfach einen langen Brief geschrieben. Genau das brachte Bewegung in die Situation. Wir verabredeten uns zu einem Kaffee, konnten über vieles miteinander reden, und das hat uns beiden sehr gut getan, denn das Eis war endlich gebrochen.

Hier möchte ich noch einfügen, dass Karl Leukert, nachdem auch seine Frau Ruth kurzfristig verstorben war, mit meiner Mutter bis zu ihrem Tod eine feste Freundschaft beibehalten hatte, und beide fanden miteinander Trost.

V. Das Haus der Barmherzigkeit

Nun ist ein großer Sprung in die Nachkriegszeit angesagt, denn, wie ist es in der Nachkriegszeit eigentlich weitergegangen? Wie schon erwähnt, hatten meine Eltern ihren christlichen Glauben stets praktisch ausgelebt, durch ihre Wohltaten an Anderen. Ja, sie hatten sich in allen Herausforderungen christlich verhalten. Glücklicherweise waren sie verschont geblieben vor den Auswirkungen dieses grausamen Krieges. Mein Vater bekam durch seinen Arbeitsplatz bei der Firma Dornier (aus welchen Gründen auch immer), eine Freistellung vom Wehrdienst. Außerdem wurde ihm die Möglichkeit gegeben, ein Siedlungshaus zu erwerben, dazu gehörte ein großer Garten. So hatten sie die Möglichkeit, nach dem Krieg viele Flüchtlinge, die aus den Ostgebieten gekommen waren, dort Haus und

Hof verloren hatten, in unserem kleinen Haus aufzunehmen. Natürlich wurde es sehr eng, denn teilweise war in jedem Zimmer eine Familie untergebracht. Kaum vorstellbar, wie das gelingen konnte, in dieser Enge mit so vielen Menschen überhaupt miteinander auszukommen. Doch der gemeinsame Glaube hatte uns allen einen Frieden und eine Harmonie gegeben und uns damit zu „Geschwistern" gemacht. Als erstes war meine Großmutter aus Schlesien gekommen mit ihrem kleinen „Leiter-Wägele", wie sie ihn stets nannte. Auf diesem hatte sie ihr ganzes „Hab und Gut" untergebracht. Völlig erschöpft war sie nach ihrer langen beschwerlichen Odyssee aus Schlesien nun endlich an ihrem Ziel angekommen. Sie muss dabei schreckliches erlebt und gesehen haben, denn sie war lange Zeit sehr schweigsam. Als nächstes kam die Schwester meiner Mutter, Tante Gretel mit dem kleinen Sohn Wolfgang (Onkel Willy, ihr Mann, war bei der Marine und kam erst viel später dazu). Dann waren auch noch andere Flüchtlinge dazu gekommen. Ein Miteinander auf so engem Raum war nur möglich, da man sich in christlicher Nächstenliebe begegnete ist. Ja, alles Essbare wurde brüderlich geteilt, denn zu der Zeit hatten alle eigentlich die gleiche Not, und das war der Hunger!

Besonders muss ich hier die Familie Fröse erwähnen, eine Fischerfamilie, die aus Ostpreußen mit ihren fünf Söhnen geflohen war, und schließlich für kurze Zeit teilweise ebenso bei uns wohnten. So ist man mit Respekt und Liebe miteinander umgegangen. Sie versorgten uns natürlich dann auch endlich mit proteinhaltiger Nahrung. Unter primitivsten Umständen war es ihnen gelungen, auf der Ostsee zu fischen, und brachten für uns alle reichlich Heringe und auch Dorsch mit nach Hause. Die guten Kontakte sind lange geblieben. Als Großfamilie hatten sie sich dann auf der Insel Fehmarn niedergelassen, um dort Häuser zu bauen, in denen sie heute als Familie im engen Umfeld leben konnten. Klaus, der jüngste Sohn dieser Familie, hatte zu mir die Kontakte lange gehalten und besuchte uns regelmäßig, wenn er vom Internat nach Hause gefahren war. Natürlich wollte er mir damit etwas vermitteln, doch kamen bei mir diese Signale nicht so gut an, ich war irgendwie sehr kindlich naiv, um diesen Besuchen eine besondere Bedeutung zu geben. Rückblickend sieht man dann vieles aus einer anderen Perspektive, denn, leider blieben alle meine späteren Versuche, einen Kontakt zu ihm zu bekommen, erfolglos! Von der Familie hatte ich nur vernommen, dass er sich als erfolgreicher Rechtsanwalt niedergelassen hatte, und, dass er sich ebenso auch von ihnen völlig isoliert hätte.

Auf diese Weise war während der Nachkriegszeit uns allen geholfen, trotz des Mangels hatten wir nicht so große Probleme, wie die meisten anderen Menschen, die durch die Auswirkungen des Krieges alles verloren hatten. So war diese Zeit trotzdem eine starke Herausforderung für meine Eltern um uns alle irgendwie zu ernähren. Als Kinder mussten wir mit einem Henkeltöpfchen zu einer zentralen Essensausgabe jeweils einen langen Weg laufen, um etwas Brühsuppe zu bekommen, die überwiegend aus Wasser bestanden hatte. Trotzdem war dieser Krieg für uns als Familie nicht so dramatisch, wie ein großer Teil der deutschen Bevölkerung ihn erleben musste. Gott hatte für meine Eltern gut gesorgt, trotz aller Not und Mängel. An diesem Segen durften wiederum viele andere teilhaben. Mein Vater wurde nicht in den Krieg eingezogen, was für uns ein Wunder war, denn er fand bei der Firma „Dornier" im Flugzeugbau eine gute Position, welch ein Segen. Über diese Firma konnte er dann auch ein Siedlungshaus erwerben, direkt am Waldrand gelegen, mit einem sehr großen Garten, für Gemüseanbau erwerben (alles zu günstigen Bedingungen)!

Über unsere Kirche hatten wir die Möglichkeit, eine Zuteilung der Care-Paket Aktion zu bekommen. Christen aus Amerika hatten damals, nach dem Krieg, eine Paketaktion mit „Altkleidern" und Lebensmitteln über die Kirchen nach Deutschland gesandt, die sogenannten „Care-Pakete". Der Inhalt dieser Pakete wurde über die Gemeinden weiter verteilt. Damit wurde uns in allen Bereichen sehr geholfen. Diese ganzen Umstände hatten uns Kinder sehr geprägt, vor allem waren wir vor dem grausamen Krieg verschont geblieben, hatten letztendlich immer etwas, wenn auch wenig, zu essen. In allem hatte der Humor meines Vaters und die Harmonie meiner Eltern uns vor Angst bewahrt, ebenso auch ihre Gelassenheit, trotz der großen Herausforderungen. So wurde in unserem Haus viel gesungen, mein Vater begleitete unseren Gesang mit der Laute, wir Kinder spielten, so gut es eben ging, die Flöte dazu.

Schließlich war die Schwester meiner Mutter mit dem dreijährigen Sohn, Wolfgang, war sein Name, ebenfalls aus Schlesien zu uns gekommen, um bei uns erst einmal Unterkunft zu finden. Der Mann kam erst nach dem Krieg nach „Hause", denn er diente bei der Marine. Sie wohnten noch längere Zeit sehr beengt im oberen Bereich. Wie alle Flüchtlinge waren sie psychisch traumatisiert durch das, was sie gesehen und erlebt hatten. Zu der Zeit war es schwierig, in den zerbombten Städten eine Unterkunft zu finden. Als die ersten Neubauwohnungen für die vielen Flüchtlinge in Lübeck erstellt wurden, war es ihnen auch möglich, eine dieser kleinen Wohnungen zu bekommen.

Zu ihnen hatte ich sehr engen Kontakt und besuchte sie sehr häufig. So muss ich hier natürlich kurz erwähnen, welch schweres Schicksal diese Familie später erlebt hatte. Als erstes war Onkel Willi plötzlich verstorben, ein paar Jahre später starb Tante Gretel an Bauchspeichel-

drüsenkrebs, wie auch der Sohn Wolfgang ein paar Jahre später ebenso an
dieser Krankheit erkrankt war und mit
nur dreißig Jahren nach langem Leiden
verstarb. Welches tragische Schicksal für
diese Familie. Ich hatte versucht, wann
immer ich konnte, sie zu besuchen, denn
meine Tante war, anders als meine Mutter, stets modern und elegant gekleidet,
genau das hatte mir besonders stark
imponiert.

Als Letzte der Familie, war meine
Großmutter damals mit ihren wenigen
Habseligkeiten, die sie auf einem kleinen „Leiterwägele" hinter sich hergezo-
gen hatte, ebenso aus Schlesien zu uns
gekommen. Es musste für sie eine wahre
Odyssee gewesen sein, sie war traumatisiert und brauchte sehr lange Zeit, um
sich in die sehr beengten Räumlichkeiten einzugewöhnen. Sie blieb lange Zeit
wortlos, um wahrscheinlich das, was sie
auf der Flucht erlebt hatte, überhaupt
verarbeiten zu können! Was sie jedoch

wirklich erlebt hatte, darüber haben wir nie etwas erfahren.

Natürlich hatten diese vielen Eindrücke uns Kinder stark geprägt, denn man begegnete sich stets mit Respekt, in Liebe und nahm Rücksicht aufeinander. Schließlich kam dann auch noch der Cousin meines Vaters aus der Kriegsgefangenschaft zu uns, und fand ebenso Unterkunft in unserem Haus. Onkel Erwin war ein freundlicher, ja eher ein vornehmer Mensch, daher auch sehr zurückhaltend. Er nutzte seine Zeit, um in den Ruinen Metallteile zu sammeln. Viel später hatte er sie dann gewinnbringend verkaufen können. Damit hatte er sich doch recht viel Geld verdienen können. Er blieb die längste Zeit bei uns, bis er schließlich in eine eigene kleine Wohnung umgezogen war. So waren alle Räume unseres kleinen Hauses für längere Zeit komplett belegt. Trotz der engen Verhältnisse, war in dieser schweren Zeit für uns keine so große Not entstanden, da jeder, der arbeiten

konnte, auf den nahegelegenen Bauern-
höfen arbeitete, um etwas Essbares als
Lohn zu erhalten. An die beengten
Räumlichkeiten hatten wir uns schnell
gewöhnt und, so wurde diese insgesamt
beschwerliche Zeit, für uns alle erträg-
lich. Denn, die Harmonie, die meine
Eltern stets ausstrahlten, ihr Humor,
und ihr stets fröhlicher Gesang, vor allem aber der gemeinsame Glauben, hatte uns für das spätere Leben sehr geprägt, und, so waren wir für all die Herausforderungen unseres weiteren Lebens gut gewappnet!

Hier möchte ich nun auch unsere erste
gemeinsame Reise nach Leipzig erwähnen, die mir besonders in Erinnerung
geblieben ist. Meine Mutter war mit uns
beiden Mädchen mit der Eisenbahn
dorthin gefahren. Die Eltern meiner
Mutter waren dort nach der Flucht in
Leipzig geblieben, da der Großvater, er
war „Eisenbahner", am Bahnhof eine
Arbeitsstelle und eine Wohnung gefunden hatte. Diese erste Reise nach Leipzig

war zu der Zeit recht abenteuerlich. Es ist kaum zu glauben, wie viele Menschen in einem dieser alten Waggons Platz gefunden hatten. Wir Kinder waren zeitweise in den Gepäcknetzen untergebracht worden und empfanden diese Reise einfach nur sehr abenteuerlich. Die Stadt Leipzig selbst ist mir weniger in Erinnerung geblieben, bis auf das Wohnhaus, in dem meine Großeltern einst gelebt hatten. Aber ganz besonders ist mir der Besuch des berühmten „Völkerschlacht-Denkmals" stets in Erinnerung geblieben. So lernten wir damals die lieben Eltern meiner Mutter kennen, die sich über den Besuch sehr gefreut hatten. Es war, trotz der engen Verhältnisse, ein so innig vertrautes Verhältnis zueinander, und eine Freude und Liebe füreinander, eine Zeit, die mir stets in bester Erinnerung geblieben ist, und für uns ein großes Erlebnis wurde. Schließlich sind meine Großeltern dann nach Bayern umgezogen, um bei Tante Trudel, der älteren Schwester meiner Mutter zu leben. Nach vielen Jahren

hatten wir sie auch dort in „Kehlheim"
einmal besuchen können, und lernten
dabei meine zwei Cousinen, Christel
und Karin, ebenso kennen. Der Besuch
der berühmten, gewaltigen „Befrei-
ungshalle", die 1863 dort erbaut wurde
zum Gedenken an die Befreiungskriege
gegen Napoleon, begeisterte uns sehr
und ist uns stets in Erinnerung geblieben. Vor allem aber ganz besonders die
riesige Innenhalle mit den 34 überdi-
mensionalen Siegesgöttinnen, die im
oberen Bereich der Halle einen Reigen
bildeten.

Ebenso ist mir aus dieser Zeit ein Besuch
der Lübecker Innenstadt mit meinem
Vater, (ungefähr im Jahr 1950) in besonderer Erinnerung geblieben. Hier sah
man nichts mehr von Sieg und Heil,
noch von Pracht und Herrlichkeit, wie
sich die alte Hansestadt Lübeck mit ihren berühmten alten prächtigen Kirchen
und einzigartigen Fachwerkhäusern
einst darstellte. Während des Angriffs
der englischen Armee auf die histori-

sche Innenstadt von Lübeck, wurden die großen alten gotischen Hauptkirchen bombardiert, und auch teilweise zerstört. Die berühmte Marienkirche wurde dabei so getroffen, dass die Kirchturmspitzen mitsamt der Glocken herunter gestürzt waren und sich diese dann in den Backsteinboden eingegraben hatten. Die Kirchenwände ragten in bizarren Formen zum Himmel, denn das ganze Dach wurde ebenso zerstört und war dann eingestürzt. Plötzlich war der Blick zum Himmel offen. Genau dieses Bild hat sich tief in meinem Gedächtnis eingeprägt, und das werde ich niemals vergessen: der Himmel in dieser Kirche war offen, und galt vielleicht als Symbol für die Christenheit. Die Christen hatten ihren Glauben an Gott längst verloren, und die direkte Verbindung zum Himmel durch prunkvolle, künstlerisch hochwertige Gebäude verbaut. Um Gott nahe zu sein, braucht man aber keine prunkvollen Kirchen, die Verbundenheit mit Gott dem Vater und seinem Sohn Jesus Christus, kann man auch in

einer noch so kleinen Gemeinschaft erfahren, so, wie wir sie in unserem Hause
damals alle erlebt hatten, und was uns
damals mit all den Flüchtlingen miteinander tief verbunden hatte. Das war
eben genau dieser innige, tiefe gemeinsame Glaube. So fanden in unserem
Haus sehr viele Hausgottesdienste statt,
bis endlich in der Innenstadt, in der Nähe des Bahnhofs, ein passender Raum
gefunden worden war und alle Gottesdienste dort stattfinden konnten. Über
diese kleine Gemeinde bestanden viele
gute Kontakte. Man hatte sich untereinander geholfen, wo eben Hilfe drin-
gend nötig war. Genau dort fing eine
neue Geschichte an, die sich überra-
schenderweise durch mein ganzes Leben gezogen hat.

Meine Eltern hatten dort eine Heilprak-
tikerfamilie kennengelernt, die als Großfamilie in einer sehr großen stattlichen
Wohnung, mitsamt den Praxisräumen,
zusammen lebten. Meine Mutter hatte
sich mit der gleichaltrigen Tochter ange-

freundet, und ihr dann später oftmals im Haushalt (mit fünf Kindern), geholfen, so oft es ihr überhaupt möglich war. Auf diese Weise war eine Freundschaft der beiden Familien entstanden. Der Großvater besuchte unsere Familie oftmals mit seinem ältesten Enkel. Donatus war sein Name, ein hochintelligenter Junge, der für uns Mädchen eigentlich durch seine Neugier eher als lästig empfunden wurde, da er ständig Fragen stellte. Er war eben sehr wissbegierig und hatte sich dadurch schon früh ein großes Wissensfundament angeeignet, musste aber dann auch bei allen Gelegenheiten seinen klugen Beitrag geben. Gerade das hatte mir aber schon damals irgendwie sehr imponiert. Trotzdem galt er bei uns Mädchen deswegen schon als kleiner Junge, als überaus „vorlaut". Natürlich war er im Vorteil, denn, er hatte meistens Recht. Gerade deswegen spielte ich gerne mit ihm, während meine Mutter dort im Haushalt mitgeholfen hatte. Donatus hatte sehr interessante Ideen und entwickelte stets viel Fantasie, was mich faszinierte. Für die damalige Zeit besaß er außerdem besonders gutes Spielzeug. Die Kontakte zu der Familie prägte meine Schwester und mich sehr, war es das elegante Umfeld oder die vornehme Einrichtung, wie wir es nie vorher gesehen hatten. Doch besonders war es die besondere Ausstrahlung, die die Großmutter hatte, mit ihren wundersamen blauen Augen. Meine Schwester Erika hatte dann später dort ein praktisches Haushaltsjahr gemacht.

Sie war damals schon ein auffallend schönes Mädchen, mit pechschwarzen langen Haaren. Ich liebte sie sehr und hatte sie stets beneidet. Außerdem hatten wir uns ausgesprochen gut verstanden durch unseren gleichen Humor, den wir wohl beide vom Vater geerbt haben. Deswegen hatten wir viel zu lachen, so war es mit ihr niemals langweilig. Obwohl ich sie sehr mochte, stand ich jedoch durch ihre auffallende Schönheit, immer in ihrem Schatten.

Als ich zwölf Jahre alt war, kündigte sich bei meinen Eltern Nachwuchs an, und es wurde bald ein allerliebster kleiner Junge, mit ganz dunklen Haaren geboren, der sich schnell und sehr gut entwickelte. So wurde unser Bruder Wilfried unser aller Liebling, denn er war ein sehr schönes und ein liebes Kind. Doch irgendwie konnte ich ihn für mich nicht so richtig einordnen. Gerne hatte ich ihn im Wagen ausgefahren, doch meine Schwester ging schon geschickter mit ihm um und konnte deswegen meine Mutter auch etwas besser unterstützen. Meine Eltern waren einfach glücklich, hatten sie nun doch ihren ersehnten Stammhalter, ja, er hatte sich sehr gut entwickelt und wurde uns allen zur großen Freude. Genauso problemlos ist dann auch seine Kindheit verlaufen, und ebenso auch seine Schulzeit. Nach einer Lehre bei den „Dräger-Werken" ging er auf die Fachhochschule um dann dort sein Ingenieur-Studium erfolgreich abzuschließen. Er wurde dann bei Dräger gleich wieder eingestellt, wo er seit dem im Lehr- und Ausbildungsbereich tätig ist. Er war hilfsbereit und stand meinen Eltern stets mit Rat und Tat zur Seite.

Meine Schwester hatte in der Zwischenzeit ganz anderer Wege für sich entdeckt. Sie hatte zu der Zeit bereits ihre Aus-und Fortbildung als Kindergärtnerin, nach ihrer Schulzeit abgeschlossen und fand danach gleich eine Arbeitsstelle als Kinderbetreuerin in einem Kinderheim an der Ostsee. Da wir uns stets so gut verstanden hatten und wir den gleichen Humor teilten, hing ich sehr an ihr, und sie wurde für mich das große Vorbild. So kam nun für mich eine große Veränderung, denn ich vermisste sie sehr und hatte darunter stark gelitten. Um sie trotzdem öfter sehen zu können, nahm ich mir allen Mut zusammen, um manchmal per Anhalter dorthin zu gelangen, um sie wenigstens für eine kurze Zeit zu sprechen. Trotzdem hatte es lange Zeit für mich gedauert, um diese Trennung überhaupt überwinden zu können. Ja, sie war eine Schönheit und durch ihren Charme bei Männern ebenso sehr beliebt. So war manchmal eine prekäre Situation entstanden, dass sie gleichzeitig mehrere „Bekanntschaften" hatte. Dazu muss ich unbedingt eine besondere Geschichte erwähnen. So ergab es sich eines Tages, dass sie einen netten jungen Mann aus Hamburg kennenlernte, der dort in der Nähe an der Ostsee gezeltet hatte. Wie der Zufall es wollte, lernte sie kurz darauf jedoch einen charmanten Herrn aus dem Pelzhandel kennen und hatte sich natürlich auch in ihn verliebt. So entstand ein großes Problem, denn sie wollte weder den einen, noch den anderen verlieren. Doch, wie konnte sie das organisieren? Da gab es für sie nur den einen Weg, die kleine Schwester musste halt in Erscheinung treten und aushelfen. Sie bat mich, während dieser Zeit, mich doch mit dem jungen Mann aus Hamburg zu treffen, um mit ihm die Zeit zu überbrücken, während sie mit dem charmanten Pelzhändler ein Rendezvous wahrnehmen wollte. Diese Situation war für mich natürlich eine totale Herausforderung und fühlte ich mich auch etwas überfordert. Bald merkte ich, dass es meinem Gegenüber wohl ähnlich ergangen war. So verhielten wir uns sehr diszipliniert und respektvoll, obwohl ich vor Angst innerlich am ganzen Körper vibrierte. Mit guten Gesprächen konnten wir die Zeit überbrücken, bis uns der Schlaf überkam und innerlich zur Ruhe brachte. Da meine Schwester nicht, wie verabredet, gekommen war, blieb mir nichts anderes übrig, als mit ihm in dem kleinen Zelt zu übernachten. Wir verhielten uns beide diszipliniert trotz dieser verrückten Konstellation. So hatte uns dieses gemeinsame Erlebnis auf besondere Weise miteinander verbunden, ja, es entstand eine echte Freundschaft zwischen uns. Jahrelang hatten wir einen regelmäßigen sehr guten Briefkontakt gehabt, bis ich eines Tages von ihm hörte, dass er schwer erkrankt sei und somit ans Bett gefesselt war. Leider hatte ich niemals erfahren, an welcher Krankheit er gelitten hatte und woran er dann auch in so jungen Jahren sterben musste. Seine Mutter hatte danach zu mir Kontakt aufgenommen und mir eine Traueranzeige zugeschickt. Diese Nachricht hatte mich sehr tief getroffen. Schließlich hatte ich der trauernden Mutter einen tröstenden lieben Brief geschrieben, und, dieser Briefkontakt hatte viele Jahre bestanden, bis sie dann auch eines Tages verstorben war.

So ist das Leben dann irgendwie weitergegangen. Meine Schwester ist dann ihre eigenen Wege gegangen. Das hatte zur Folge, dass wir uns nicht mehr regelmäßig gesehen hatten. So langsam wurde mir dann auch bewusst, dass ich nicht mehr so richtig in ihr enges Umfeld passte, nein, sie hatte andere Interessen gefunden. Nun, ich brauchte lange Zeit, bis ich darüber hinweg gekommen war, um dann aber auch schließlich meinen eigenen Weg zu finden. Dieser Abnabelungsprozess war sehr schmerzhaft. Die Schulzeit hatte ich problemlos überstanden und konnte mit einem guten Notendurchschnitt den Realschulabschluss machen, um dann in die Berufswelt zu gehen. Natürlich hatte ich in diesem Alter große Träume, und wollte unbedingt meine künstlerische Begabung weiter entwickeln, um sie auch beruflich einzusetzen, was zu der Zeit jedoch nicht ganz einfach war. Mein Ziel war: die Kunstschule in Hamburg zu besuchen. Diese Ausbildung wurde leider vom Staat nicht gefördert, und die private Finanzierung wäre für meine Eltern damals nicht möglich gewesen. Das bedeutete für mich dann auch das Ende meiner Träume. Außerdem kam dann die Frage auf, wie ich denn überhaupt dorthin gelangen könne? Traurig musste ich feststellen, dass es keine Möglichkeit gab, diese Schule zu besuchen.

Als Alternative hätte ich gerne eine Ausbildung als Krankenschwester gemacht. Von der Schulärztin bekam ich dann jedoch wegen meiner Plattfüße leider keine Empfehlung für diesen Beruf - kaum zu fassen. Durch diese Beurteilung waren daraufhin für mich all meine Träume zerflossen, denn man hatte mir bereits eine Stelle in Hamburg angeboten, da meine Freundin aus der Nachbarschaft, ebenso eine Ausbildung dort machen wollte. Sie hatte mehr Glück, und somit hatte ich gleichzeitig auch meine langjährige Freundin verloren. So fühlte ich mich als „Louser" und verkroch mich in meine Einsamkeit. Natürlich fiel mein Selbstbewusstsein ins bodenlose, und es regten sich Zweifel an mir selbst. Enttäuscht war ich darüber, dass ich all meine Träume nicht erfüllen konnte.

Schließlich fand ich in der Innenstadt in einem größeren Textilhaus eine Lehrstelle als Schaufenstergestalterin. Nun, zu diesem Beruf gehörte ebenso eine künstlerische Begabung. Ich muss ehrlich sagen, es war eine sehr schöne Zeit dort zu arbeiten, doch sie erfüllte letztendlich nicht meine Vorstellungen, meine Fähigkeiten richtig einzubringen. Ebenso die schlechte Bezahlung war dann auch der Grund, mich nach der Lehre nach etwas anderem zu orientieren. Trotzdem hatten wir als Lehrlinge, die zu der Zeit dort beschäftigt waren, stets sehr viel Spaß gehabt. Kaum zu glauben, dass wir uns heute noch, seit über fünfzig Jahren, regelmäßig monatlich treffen, und, das bereits über fünfzig Jahre, zu einem gemeinsamen Essen!

Nun, zu der Zeit, waren eben die Möglichkeiten zur beruflichen Förderung sehr begrenzt. Die Arbeit wurde stets schlecht bezahlt, forderte dafür aber einen hohen Einsatz, dazu bei ungünstigen Arbeitszeiten! So bewarb ich mich als Plakatmalerin in der Lübecker „Großhandels-Union"! Das war für mich ein Schritt nach vorne, denn diese Arbeit forderte mich künstlerisch mehr heraus, bei weit besseren Bedingungen. Sie hatte mir außerdem sehr viel Freude gemacht, und mir in meiner größten Krise viel Ablenkung gebracht. Doch leider waren in dieser Branche die Verdienstmöglichkeiten ebenso sehr gering. Deswegen musste ich nach anderen Möglichkeiten schauen, und hatte mich schließlich entschlossen, einen Schreibmaschinen-Kursus zu machen. Das gab mir Mut, mich auf eine Annonce hin in einem Dental-Depot als Schreibkraft zu bewerben, wo man mit meinen Leistungen sehr zufrieden war und mich sofort eingestellt hatte. Zu gegebener Zeit hatte man mir die ganze Buchhaltung übergeben. Bald hatte ich dann die Möglichkeiten, an einem Buchungsautomaten, (einem der ersten Computer) zu arbeiten.

Ja, all diese Erfolge gaben mir wieder mehr Selbstbewusstsein; doch erfüllten sie nicht all meine Lebensträume. In dem Alter hat man als junges Mädchen auch die Sehnsucht nach einem Partner, hatte auch dabei aber stets ganz besondere Vorstellungen. Meine Jugendträume hatten sich leider nicht so erfüllt, wie ich es mir heimlich gewünscht hätte.

Mir war natürlich aufgefallen, und hatte es sehr wohl registriert, dass sympathische junge Männer mir wohlwollende Blicke zugeworfen hatten. Diese versetzten mich in Träume, und regten meine Fantasie an, so dass ich langsam anfing, mir recht bunte Bilder für meine Zukunft zu malen. Dabei wurde ich stets in eine andere „wundersame Dimension" versetzt, als würden mir Flügel wachsen. So wagte ich mich langsam, nach einem passenden Partner Ausschau zu halten. Doch merkte ich recht bald, wie schwierig es eigentlich überhaupt war, diesen Wunsch auch zu realisieren. Doch, das war nicht so einfach, denn ich hatte eine ganz bestimmte Vorstellung von meinem zukünftigen Partner. Dieser sollte natürlich lieb sein und gut aussehen, jedoch absolut kein „Biedermann" sein! Das wurde natürlich zu einem Problem, denn in meinem Umfeld hatte ich niemanden finden können, weder dort, noch hatte ich in unserer kirchlichen Gemeinschaft Erfolg. Da mir damals die gleichgesinnten Freundinnen fehlten, nahm ich mir schon allen Mut zusammen und bin mit der Straßenbahn alleine zum Tanzen in die Stadt gefahren. Ziel war stets das für unsere Generation berüchtigte „Riverboat". Dazu musste ich in die Innenstadt fahren. Dieses Unternehmen kostete mich jeweils Überwindung und viel Mut. Zu der Zeit waren noch die Alliierten in Lübeck, vor allem auch Amerikaner, und so wurde dort sehr guter moderner Jazz gespielt, mit bekannten Musikern. Einige davon wurden später berühmt, wie zum Beispiel: A. Mangelsdorf, und die heute noch bekannte Band von „Michael Naura". Dieser Musikstil hatte mich, neben der Liebe zur klassischen Musik, sehr stark begeistert. Natürlich wurde dort auch stets getanzt. Leider blieb ich oft das Mauerblümchen und fand nicht die Kontakte, die ich mir von Herzen gewünscht hätte. Unwillkürlich fühlte ich mich als „Landpomeranze", konnte mich jedoch damit nicht wirklich identifizieren. Meine Liebe galt von jeher auch speziell der klassischen Musik, ebenso wie der Kirchenmusik, da waren es die großen Messen von Bach und Händel. Leider musste ich diese Konzerte alleine besuchen, denn, auch diese Interessen teilte keine meiner Freundinnen.

Hier muss ich meine Eltern besonders loben, sie waren sehr tolerant und hatten uns Mädchen sehr viel Vertrauen entgegen gebracht. So war es auch möglich, mit ihnen über alle Themen sprechen zu können, besonders mit meinem Vater. Er war ein sehr guter Zuhörer, vertrat jedoch immer seine Meinung und gab uns in allen Angelegenheiten stets sehr weisen Rat. So war er unter all seinen Freunden sehr beliebt, vor allem durch seine fröhliche Art, seinen Witz und seinen Humor. Für alle Sorgen hatte er stets guten Rat und hatte ebenso auch praktisch mitgeholfen, wo immer er konnte. Als die Firma „ Dornier" damals aus Lübeck abgezogen wurde, war mein Vater arbeitslos. Das bedeutete für uns, dass wir nur noch ein kleines Limit zum Leben hatten. Doch bald kam Hilfe. Durch die kleine christliche Gemeinde in Travemünde, hatten meine Eltern die Besitzerin dieses Hauses kennengelernt. Ihr gehörten mehrere große Objekte, unter anderem auch das Hotel „Reichshof" in Hamburg. Bald hatte sie sich für meinen Vater sehr eingesetzt und vermittelte ihm einen Arbeitsplatz in dieser Hotelanlage. Diese kleine christliche Gemeinde hatte sie für die Tochter finanziert, die in Travemünde direkt an der Promenade eine große Villa bewohnte. So hatte mein Vater dort in Hamburg einen neuen Arbeitsplatz gefunden und die größte Not war damit erst einmal überwunden. Der „Reichshof" lag ganz in der Nähe des Hamburger Hauptbahnhofs und war für ihn gut zu erreichen. So hatten wir auch manchmal die Gelegenheit, dort zu übernachten und wurden ebenso fürstlich versorgt. Es war uns eine große Ehre, als Kinder die „große Welt" der Reichen kennen zu lernen!

Mein Vater hatte uns sehr früh die Freude an der klassischen Musik vermittelt, daher war es natürlich für mich wichtig, dieses Interesse mit einem passenden Partner teilen zu können. Es war mir leider nicht gegeben, jemanden kennenzulernen, weder in der Schule noch in der Kirche, die wir doch regelmäßig besucht hatten. Wahrscheinlich wirkte ich stets wie eine Landpomeranze, die ich jedoch mit Sicherheit niemals war, jedenfalls hatte mir keiner mehr Beachtung geschenkt, als nur einen etwas längeren Blickaustausch.

VI.   Meine Schwester Erna!

Die einzige Person, die diese Interessen mit mir teilte, war meine Schwester Erna. Wir hatten den gleichen Humor und konnten, wann immer wir zusammen waren, sehr viel lachen und hatten deswegen immer viel Spaß gehabt. Was die Mode betraf, da hatten wir den gleichen Geschmack, aus diesen Gründen hatte ich zu gerne ihre abgetragene Garderobe übernommen. Ja, ich hatte sie sehr geliebt und schätzte ihre Gemeinschaft. Ich bewunderte stets ihre Schönheit, vor allem ihre langen schwarzen Haare. Als sie sich entschieden hatte, mit einer Freundin nach London zu ziehen, um dort ein praktisches Jahr im Haushalt zu machen, brach für mich eine Welt zusammen. Das war für mich ein schwerer Verlust, und ich brauchte lange Zeit um diese Traurigkeit zu überwinden. So wurde dieser Schritt ein bedeutender Einbruch in mein Leben, der mich lange Zeit total blockierte und kaum zu überwinden schien. Hier ist es natürlich angesagt, auch darüber zu berichten, wie es ihr in England ergangen war.

Zuerst lebte sie in London bei einer Familie als Aupairmädchen, wie auch ihre Freundin, die jedoch in einem anderen Stadtteil beschäftigt war. Beide fanden bald sehr gute Kontakte, und meine Schwester fand sogar auch einen netten Freund. Garford war sein Name, er war sehr intelligent, zuvorkommend und hatte ein vornehmes Benehmen, und, was ihn besonders beliebt machte, war sein brillanter Humor. Das machte ihn zum Liebling für alle und zum besten Unterhalter. So kam es, dass beide sich ineinander verliebten, und, was ganz normal war, sie heirateten bald und neun Monate später kam die allerliebste Tochter „Rena", zur Welt. Sie war ein freundliches Mädchen und brachte nicht nur den Eltern viel Freude sondern erheiterte ihr ganzes Umfeld. Bald kam der kleine Bruder, Malcom, dazu, ein munterer, kerniger Rotschopf. Wie seine Schwester entwickelte er sich ebenfalls prächtig, so schien es eine glückliche Familie zu sein. Viele Jahre kamen sie regelmäßig zu Weihnachten zu uns nach Deutschland um mit uns das klassisch deutsche Weihnachtsfest gemeinsam zu feiern. Dieses große Familientreffen war stets der Höhepunkt des Jahres, auf das wir uns alle besonders freuten. Sie wohnten anfangs in London, fanden aber etwas später ein schönes Reihenhaus in Bracknell, in der Nähe von Windsor, an einem wunderschönen Park gelegen.

Wie es in England so Brauch war oder auch immer noch so ist, verbrachte man die Abende nicht zuhause, sondern man traf sich regelmäßig mit seinen Freunden im „Pup". Die Folgen kann man sich gut vorstellen, beide fingen an regelmäßig zu trinken, was beiden Eltern nicht gut bekommen war. Am meisten hatte es jedoch den Kindern geschadet. Trotzdem schafften sie ihre Schulausbildung mit guten Abschlüssen und machten bald ihre Berufsausbildung. So wurden sie dadurch selbstständig und fanden auch bald ein eigenes Umfeld. Aus welchen Gründen auch immer, trennte sich meine Schwester bald von ihrem Mann, verkaufte das Haus und zog aufs Land nach Somerset, südwestlich von London gelegen. Ihren neuen Freund, den sie schnell gefunden hatte, nahm sie mit. Sie hatte sich dort ein zauberhaftes, altes strohgedecktes Cottage gekauft, und lebte in einer traumhaft schönen Umgebung. Auch dort hatten wir sie auf einer Durchreise nach Cornwall besucht. Eigentlich hatte ich immer das Gefühl, dass es ihr gut ging und sie nun endlich ihren Frieden gefunden hätte. Doch dieser Friede hielt nicht lange an. Ein grausames Geschehen hatte sie dann wieder völlig aus der Bahn gebracht. Was war geschehen? Mein Schwager war auf einem Golfplatz beschäftigt. Eines Abends befand er sich auf dem Weg nach Hause, musste jedoch vorher die Kassette mit den Tageseinnahmen zur Bank bringen. Er war jedoch niemals dort angekommen. Zum Entsetzen aller Beteiligten hatte man ihn erst nach Tagen gefunden. Grausam zugerichtet lag er dort leblos in einem Graben im nahegelegenen Park. Es war ein grausamer Raubmord, die Zeitung hatte darüber berichtet. Doch das Schlimmste kam dann für meine arme Nichte, sie musste den schwersten Dienst ihres Lebens verrichten. Sie war es dann, die gerufen wurde um ihren Vater zu identifizieren, ein grausames Schicksal. Sie brauchte lange Zeit, um sich von diesem traumatischen Erlebnis zu erholen.

So konnte sie dann auch in der neuen Umgebung keinen inneren Frieden mehr finden. Die Drogen, die ihr „guter" Freund besorgte, hatten ihr letztendlich auch nicht geholfen, nein, damit kam ein neues Problem hinzu. Wann immer wir sie besucht hatten, spürten wir eine Veränderung ihrer Persönlichkeit, denn Haschisch wurde sogar im Kuchen konsumiert. Sie trennte sich auch von ihrem Freund, verkaufte dann das wunderschöne alte Cottage, das außerdem auch mystisch belastet war (gleich beim ersten Besuch hatte ich es so empfunden). Schließlich kam sie dann eines Tages wieder nach Deutschland und besuchte meine Mutter, um mit ihr längere Zeit zu verbringen. Natürlich trafen wir uns in dieser Zeit häufig, denn es war mir ein tiefes Bedürfnis, uns wieder zu sehen um mit ihr auch alles besprechen zu können. Völlig überrascht waren wir alle, als sie uns eines Tages plötzlich mitteilte, dass sie einen Flug nach Israel gebucht hätte. Den Grund für diese plötzliche Eingebung hatten wir niemals erfahren können. Auf all unsere Fragen gab sie uns keine passende Antwort(es hieß nur, sie wolle familiäre Forschungen machen). Ja, sie war schließlich dorthin geflogen, danach hatten wir jedoch nichts mehr von ihr gehört, das war eigentlich nicht ihre Art. Als Schwester machte ich mir große Sorgen um sie. Langsam ist in mir der Wunsch gewachsen, sie in Israel zu suchen, was eigentlich vom Verstand her unmöglich schien, doch, vielleicht war ihr dort etwas passiert, damit hätte man rechnen können.

VII.   Die Reise nach Israel!

Wie dieser Wunsch nun praktisch umgesetzt werden konnte, schien mir nicht
so einfach, wie der Gedanke selbst! Ja,
ich bin ein gläubiger Mensch, doch
manchmal mangelt es einfach daran,
diesen Glauben auch ernst zu nehmen
und an Wunder zu glauben. So dauerte
es gar nicht lange und ich erlebte tatsächlich dieses Wunder. Denn es geschah etwas Ungewöhnliches, wie dieser Traum tatsächlich Wirklichkeit wurde. So ergab es sich zufällig, dass wir in
der Kirche, die wir regelmäßig besuchten, natürlich auch dort gute Freunde
hatten. Nach einem Gottesdienst hatte
uns einer von ihnen überraschend ange-
sprochen, dass er nach Israel reisen wolle. Er plante diese Reise als Gruppenfahrt und würde Interessenten für diese
Reise suchen. Ich muss es hier deutlich
sagen, dieser Aufruf kam wieder vom
Himmel. Daher nahm ich sofort Kontakt
zu ihm auf, denn in meinem Herzen

brannte doch der Wunsch, meine Schwester dort zu finden So meldete ich mich bei ihm zur Mitreise an (ohne diesen Plan mit meinem Mann abgesprochen zu haben). Natürlich wollte er dann ebenso mit dabei sein und so beschlossen wir, gemeinsam an dieser Rundreise teilzunehmen. Wie sollte es wohl anders sein, niemand sonst aus unserem Kreis hatte für dieses Unternehmen ein Interesse gezeigt. So kam es schließlich dazu, dass wir diese Reise nach Israel zu Dritt unternommen hatten. Für mich war dieses Erlebnis tatsächlich eine Antwort auf meine persönlichen Gebete. So wurde es eine kleine Israel-Rundreise, die uns allen in bester Erinnerung geblieben ist. Der Zauber dieses besonderen Landes erfasste uns schnell. In einem Leihwagen fuhren wir von Tel Aviv aus bis zum See Genezareth, besichtigten in dem Umfeld all die vielen Stätten, in denen Jesus gelebt und gelehrt hatte. Für die Übernachtungen nutzten wir verschiedene Kibbuzime, wo wir günstig Unterkunft fanden, um uns an den verschiedenen historischen Stätten die Sehenswürdigkeiten anzuschauen. Dadurch hatten wir auch die Gelegenheit, das Leben in einem der vielen Kibbuzim kennenzulernen. Man lebte dort unter einfachsten Verhältnissen, ernährte sich überwiegend von Ackerbau und Viehzucht. Die Begegnung mit „Shimon Bochner", einem der letzten „Holocaustüberlebenden, ist uns in besonderer Erinnerung geblieben. Er hatte uns ausführlich aus seinen persönlichen Erfahrungen berichtet, wie es den Juden ergangen war, als sie Deutschland verlassen mussten, was leider nicht alle geschafft hatten.

In diesem Zusammenhang erinnerte ich mich an meine erste Israel Rundreise im Mietwagen, die ich mit meiner Tochter Martina alleine unternommen hatte. Diese Reise war sehr abenteuerlich, da wir ohne Planung einfach von einer historischen Stätte zur anderen unterwegs waren. Auf diese unkonventionelle Weise lernten wir natürlich Land und Leute besonders gut kennen und wurden von dem Zauber Israels das erste Mal angerührt. So war es uns damals sehr wichtig, die Gedenkstätte „Yad Vashem" aufzusuchen, denn es war uns ein tiefes Bedürfnis diese Stätte kennenzulernen! Mich hatte dieses Thema niemals losgelassen, durch das, was ich als Kind an unserem Bahnhof, (hinter unserem Garten) erlebt hatte. Eine große Traurigkeit überkam mich, und die Tränen konnte ich nicht verbergen, als die Namen der Ermordeten (die Zahl geht ins Unfassbare), nacheinander ohne Pause, vorgelesen wurden.

Nein, die Tränen kann man an diesem Ort nicht verbergen, so hatte mich dieser Besuch sehr mitgenommen, da ich hier auch an die vielen elenden Flüchtlinge in unserem Wald erinnert wurde, die dort in Baracken in einem Gehege untergebracht waren. Es dauerte eine Weile, bis ich mich wieder in die Realität einfinden konnte. Dann ging es weiter. Es war eine Faszination, durch Jahrtausend alte Stätten und über ebenso alte Steine zu gehen, die teilweise so ausgetreten waren, dass man das Alter erahnen konnte. Mit Sicherheit war einst auch Jesus damals mit seinen Jüngern diese Wege gelaufen, als er dort gelebt und gepredigt hatte. Wenn ich die Augen geschlossen hatte, fühlte ich mich tatsächlich in diese Zeit zurück versetzt. Die Übernachtungsmöglichkeiten, die wir nutzten, waren tatsächlich teilweise sehr spartanisch ausgestattet. Wie in einer Kaserne hatten wir auf Pritschen geschlafen. Doch auf alle Bequemlichkeiten konnten wir in diesem Fall gut verzichten, denn wir waren einfach nur glücklich, hier die historischen Stätte aus der Zeit Jesu zu sehen – und deswegen stellten wir auch keine Ansprüche. Wir waren doch allein von den Eindrücken so benommen und glücklich und konnten eigentlich erst in der Stille richtig begreifen, was wir überhaupt alles gesehen und erlebt hatten. Wir waren im „Heiligen Land", und das war einfach überwältigend. Dann kam für uns der Höhepunkt, und das war die Fahrt nach Jerusalem. Genau dort hatte ich doch meine Schwester vermutet. Sie hatte mir von einem „Petra-Hotel" geschrieben, in dem sie wohnen würde. Doch wie groß war dann meine Enttäuschung, sie dort nicht vorzufinden. Nein, man sagte mir nur, dass sie eine Zeit lang dort übernachtet hätte. So war ich völlig ratlos und traurig, denn nun war die Chance, sie zu treffen, hier in dieser großen alten Stadt, mit den vielen winzigen Gassen, eigentlich unmöglich.

Enttäuscht machten wir uns auf den Weg, nun erst einmal die vielen alten Stätten aufzusuchen und zu besichtigen, die uns durch die „Bibel" vermittelt wurden. Das lenkte uns etwas ab, denn dieser erste Eindruck war einfach überwältigend. So ist mir diese Reise sehr nahe gegangen, und konnte deswegen oft die Tränen nicht verbergen. Mit großer Spannung besichtigten wir dann die vielen historischen Stätten und Ruinen dieser Zeit. Ja, es war ein besonderes

Flair, und wir fühlten uns manchmal in eine andere Zeit versetzt, denn diese Eindrücke waren unfassbar. Der Tempelplatz gehört zu den berühmtesten historischen Plätzen in Israel, ja, er ist überhaupt der wichtigste Ort einer Israelreise. So war auch unser erstes Ziel, dort in Jerusalem, vor allem die weit über 2000 Jahre alte originale Mauer des alten Tempels zu sehen, ein Rest des originalen alten Jüdischen Tempels. So ist dieser Platz der Höhepunkt aller Israelreisenden, diese alte Mauer aufzusuchen und diese dann auch zu berühren und dabei eventuell auch ein Gebet zu sprechen. Dieser Platz hat eine einzigartige Faszination, es ist etwas mystisches, was uns dann auch in den Bann gezogen hatte. Die Männer gingen dort auf die linke Seite, durch einen Zaun getrennt von den Frauen, die auf der rechten Seite ihr Gebet an der Mauer sprechen können. So hatten wir es ebenso auch getan. Also ging ich auf die rechte Seite, um es ihnen gleich zu tun. Danach saßen wir eine Weile in einigem

Abstand zur „Mauer" um das Treiben dort zu beobachten. So waren wir so richtig tief versunken, als mich plötzlich Donatus aufforderte, zum Trinkbrunnen auf der linken Seite zu schauen. Was ich dort sah, verschlug mir den Atem. Ich konnte es kaum fassen. Ja, ich entdeckte dort meine Schwester, mit ihren langen schwarzen Haaren und in einem schwarzen Lederanzug gekleidet. Sie wollte sich am erfrischenden Wasser des Brunnens laben, wie es viele Einheimische, wie auch die Touristen ebenso machten. Ich konnte diese Situation immer noch nicht richtig realisieren, ging aber, wie in einem Traum, leicht benommen, ganz langsam auf sie zu. Sicherlich, so vermutete ich, würde sie einen riesigen Schrecken bekommen, mich dort zu sehen. Genauso hatte es sich dann auch ereignet. Sie stand dort wie gelähmt und starrte mich an, als sie mich gesehen hatte, sie konnte die Realität in dem Moment nicht erfassen, mich an diesem „mystischen" Platz plötzlich anzutreffen. Doch schnell waren wir aufeinander zugegangen und hatten uns fassungslos aber sehr herzlich, umarmen können. So erlebten wir dort an diesem heiligen Ort wirklich ein regelrechtes Wunder, in so einem fremden Land erfüllte sich dieser Wunsch meine Schwester zu finden. Mein einziger Gedanke war nur: Dank dem Herrn, denn Er allein bewirkt Wunder.

Wir hatten uns dann noch einmal in Jerusalem getroffen, dabei konnte ich ihr das Geld meiner Mutter übergeben, welches sie mir für meine Schwester mitgegeben hatte. Sie hatte natürlich die feste Hoffnung, dass ich meine Schwester dort finden würde. Sicher hatte Gott unsere Gebete erhört, denn diese Begegnung war wirklich ein Wunder. Am nächsten Tag trafen wir uns beide noch einmal und das hatte unserer Seele sehr gut getan. Nun war mein heißersehnter Wunsch in Erfüllung gegangen, und das Ziel dieser Reise hatte ich damit eigentlich erreicht. Sie hatte uns noch einige alte, nicht so bekannte Grabstätten gezeigt, die sie selbst entdeckt hatte, die für uns jedoch sehr interessant waren. Deswegen sehe ich es als sehr wichtig an, die Geschichte meiner Schwester hier mit einzubinden, da sie mir so sehr am Herzen lag, war es ja doch der eigentliche Grund für mich, diese Israelreise überhaupt zu planen. Ich bin immer noch so dankbar dafür, wie sich dann auch alles so wunderbar gefügt hatte!

IIX.   Meine erste Ehe!

Nun muss ich einen Sprung zurück in meine eigene Geschichte machen, denn, wie ist es mit mir eigentlich weitergegangen? Zu der Zeit war ich um die zwanzig Jahre alt, und vermisste meine Schwester sehr, ich fühlte mich ohne sie unendlich einsam Dazu kam auch, dass viele meiner Freundinnen bereits ihren Partner gefunden hatten. Ehrlich muss ich hier gestehen, dass ich doch etwas frustriert war, und mich oft gefragt hatte, warum ich niemanden kennenlernen konnte, also „übriggeblieben" war. Vielleicht stellte ich zu hohe Ansprüche an einen Partner, hatte ich doch stets das Vorbild meines Vaters vor Augen. Außerdem war es zu der damaligen Zeit auf dem Dorf, wo wir gewohnt hatten, äußerst schwierig, überhaupt Kontakte zu finden.

Die jungen Männer, die ich kennengelernt hatte, (es waren nur wenige) waren jedoch total nicht das, was ich mir so erträumt hatte, ja, ich stellte doch recht große Ansprüche. So ist es dann genauso gekommen, wie es damals in vielen ähnlichen Fällen so üblich war. Eine Kollegin hatte eine Freundin und diese wiederum einen Bruder. Das war für die beiden Frauen natürlich ein Spaß uns dann beide zu verkuppeln. Tja, man kann sich wohl denken, wie das dann auch abgelaufen war – und, genauso kam es dann. Es wurde tatsächlich ein Treffen vereinbart. Schnell bemerkte ich, auf den ersten Blick, dass er doch sympathisch ausgesehen hatte, zwar war er etwas schüchtern, wie ich natürlich auch, aber sonst war er höflich und nett. Nein, verliebt hatte ich mich allerdings nicht gleich in ihn, wie man so schön sagt, denn er entsprach nicht dem, was ich eigentlich von meinem zukünftigen Partner erwartete. Er war weder besonders redegewandt, noch war er temperamentvoll, war auch überhaupt nicht musikalisch, wie ich es war. Nein, diese Interessen konnten wir leider beide nicht teilen. Trotzdem hatten wir uns wieder und wieder einmal getroffen. Was mir sehr imponiert hatte war, dass er bei der Verwaltung eine gute Position hatte, mit besten Aufstiegsmöglichkeiten. Im Allgemeinen war er eher schweigsam und hatte eigentlich keinen Humor, wie ich ihn von zu Hause her hatte. Trotzdem gewöhnte ich mich an ihn und schätzte ihn in auch in vielen Dingen. Schließlich konnte ich ihm beruflich behilflich sein, mir machte es viel Spaß, ihm die Texte für seine Referate zu schreiben, die er dann vor den einzelnen Innungen gehalten hatte. Ja, diese wurden ihm wiederum zur weiteren Beförderung angerechnet, und so bildeten wir eigentlich ein gutes Team. Dabei, lernte ich aber auch seine tragische Vergangenheit kennen, da war es manchmal wohl mehr Mitleid, als die große Liebe. Seine Eltern hatte er nicht gekannt, so war er mit seiner älteren Schwester, als Waisen, bei seiner Großmutter unter primitivsten Verhältnissen aufgewachsen. Die Eltern waren beide im Krieg umgekommen. Im Grunde hatte er niemals eine normale Familie kennengelernt. Genau das alles wollte ich ihm aus Mitleid geben, und, so kam es dann auch genauso, wie es eben in dem Alter so ist. Wir fingen an gemeinsame Pläne für eine Zukunft zu machen, ja, wir wollten heiraten. Wie es damals so üblich war, wurde vorher eine regelrechte Verlobungsfeier geplant. Da meine Eltern in dem kleinen Haus die besten räumlichen Bedingungen hatten, fand diese Feier dann auch dort statt.

Niemals vergesse ich den Traum, den ich in der Nacht vor dieser Feier hatte. Da träumte ich, dass dieser doch recht freundliche und zurückhaltende Mensch plötzlich mit dem Messer hinter mir her kam, um mich zu töten. Dieser Traum versetzte mir einen starken Schock. Wie benommen wachte ich am nächsten Morgen auf und überlegte, was mir dieser Traum sagen wollte. Innerlich fühlte ich mich nicht mehr ganz so sicher, bekam Zweifel, und stellte die

Verlobung sehr in Frage. Leider hatte ich nicht den Mut noch das Selbstvertrauen, die ganzen Vorbereitungen für das Fest abzubrechen, alles abzusagen und die Gäste auszuladen. Nein, ich brachte es einfach nicht übers Herz, geschweige denn, dass ich überhaupt über mein Problem mit jemandem sprechen konnte. So ist dann alles genauso abgelaufen, wie es eben geplant war. Die Verlobungsfeier fand also statt, und alles schien doch gut zu werden. Alles war gut organisiert und auch sehr gelungen. So vergaß ich diesen Traum bald wieder. Bald lernten wir aus dem Freundeskreis ein nettes Ehepaar kennen, mit dem wir sehr viel unternommen hatten, und stets viel Spaß dabei hatten. Wir machten gemeinsame Reisen mit wunderschönen Wanderungen, und abends spielten wir oft Karten. Wie es zu der Zeit damals üblich war, hatte man überall eine Flasche Alkohol dabei, so muss ich es hier aber leider erwähnen. Dann war eines Nachts etwas passiert, was mich an den Rand der Verzweiflung gebracht hatte. Nachdem wir fröhlich auf unsere Zimmer gegangen waren, verlief alles ganz normal. Doch, dann geschah etwas sehr merkwürdiges, denn plötzlich wollte mir dieser Mann mit aller Gewalt etwas sehr Böses antun, worauf ich mit meiner ganzen Kraft um mein Leben kämpfen musste. Verzweifelt wehrte ich mich und hatte laut um Hilfe geschrien. Mir war es letztendlich mit aller Geschicklichkeit gelungen, mich aus der Fesselung zu befreien, um kurz vor dem Ersticken wieder Luft zu bekommen.

Niemals hatte ich begreifen können, was ihn dazu getrieben hatte, und, warum er mir etwas so Schreckliches antun wollte. Jedenfalls konnte ich mich aus der Fesselung befreien und hatte mich dann im Bad eingeschlossen. War er selbst vielleicht auf diese Weise traumatisiert und wollte mich töten, einfach so? Am nächsten Tag schien alles so, als wäre nichts passiert, und alles lief so normal ab, wie immer. Doch ich war schwer traumatisiert und reagierte nur noch, wie eine Puppe. Er hatte niemals über sein merkwürdiges Verhalten gesprochen, noch sich in irgendeiner Weise entschuldigt. So fing ich auch langsam an, alle meine Probleme einfach zu verdrängen, denn ich hatte auch niemals den Mut gehabt, mit jemandem darüber zu sprechen. Doch diese Erfahrung nistete sich wie ein böser Traum tief in meine Seele ein. Im Nachhinein wunderte ich mich jedoch über das Verhalten unserer Freunde, denn sie hätten diese Schreie hören müssen, lag doch deren Zimmer genau neben unserem. Nein, es kam kein Wort, über die Hilferufe noch irgend eine Andeutung von ihnen, so waren wir dann später auch alle wieder gemeinsam nach Hause gefahren, als wäre nichts geschehen. Doch muss ich im Nachhinein sagen, dass ich von diesem Zeitpunkt an, ein gestörtes Verhältnis zu diesem Mann hatte. Ich hatte nur nicht den Mut gehabt, mit jemandem über diese Sache zu sprechen, aber vergessen konnte ich dieses Geschehen auch nicht, denn es war einfach zu mächtig und lastete schwer auf meiner Seele.

Dann machte mein zukünftiger Mann in seinem Beruf einen regelrechten Aufstieg und, all das imponierte mir wiederum sehr. So schien alles wohl doch zum Besten zu werden, so glaubte ich es wenigstens. Doch blieb diese Erinnerung stets im Verborgenen, denn, was mich daran hinderte, über mein Problem zu sprechen, waren Zweifel darüber, ob man mir überhaupt glauben würde. Vergessen konnte ich es jedoch niemals, und dieses Erlebnis hatte mich auch verändert. Letztendlich war es dann Feigheit, was mich schließlich zurückgehalten hatte, mich von ihm zu trennen. Mir war wohl bekannt, dass sich eine tragische Geschichte in der Kindheit abgespielt haben muss, jedoch hatte ich niemals erfahren, was in der Realität wirklich passiert war. Warum hatte die Familie stets über dieses Thema geschwiegen. Ich wusste nur von ihm, dass er und seine um drei Jahre ältere Schwester als Vollwaisen aufgewachsen waren, also hatten sie weder Vater noch Mutter je kennengelernt. Sie hatten beide diesen letzten Krieg nicht überlebt. Doch warum hatte man stets geschwiegen, wenn ich Fragen gestellt hatte und von ihnen mehr wissen wollte? Mir war es aber doch sehr wichtig gewesen, mehr über die Herkunft meines zukünftigen Mannes zu erfahren. Man hatte mir nur vermittelt, dass beide Elternteile den Krieg nicht überlebt hätten. Der Vater sei im Krieg gefallen, aber auf welche Weise z.B. die Mutter umgekommen war, das blieb stets ein Rätsel. Auf all meine Fragen bekam ich niemals eine Antwort. Mir war bekannt, dass die Großmutter damals beide Kinder als Waisen aufgenommen hatte, und alle wohnten dann in sehr beengten, einfachen Verhältnissen. Weder er, noch seine um drei Jahre ältere Schwester waren als geliebte Kinder aufgewachsen. Deswegen kannten sie auch kein harmonisches Familienleben, wie ich es zum

Beispiel von jeher erlebt hatte. Bei all meinen verborgenen Zweifeln hatte stets das Mitleid gesiegt; so fing ich an, mir die Zukunft einfach schön zu malen. Nein, als Gänseblümchen wollte ich einfach nicht übrig bleiben, wo doch alle meine Freundinnen bereits verheiratet waren. So reichte es mir, dass er eine gute Position bei der Verwaltung hatte und finanziell abgesichert war, außerdem hatte er dort sehr gute Aufstiegsmöglichkeiten. Das bedeutete dann aber auch, dass wir gesellschaftliche Verpflichtungen hatten, wie zum Beispiel auf großen Festen und Bällen als Ehrengäste aufzutreten. Da ich handwerklich sehr begabt war, konnte ich mir jeweils die passende Garderobe selbst schneidern, vom eleganten Kostüm, mit farblich passenden Seidenblusen bis hin zum Abendkleid. Alles war mir sehr gut gelungen und wurde stets bewundert. Das alles machte mir wiederum Mut, positiv an die Zukunft zu glauben. Nun, dabei entwickelte ich eine Fähigkeit, alles das zu verdrängen, was dieses Bild verwischen würde. Schließlich wurde dann auch bald die Hochzeit geplant. Aus meinem Unterbewusstsein meldeten sich jedoch immer wieder Zweifel, aber wem hätte ich mich anvertrauen können? Ich hatte es nie gelernt richtig mit Konflikten umzugehen, so fehlte mir dann einfach der Mut, mit jemandem über diese Unsicherheiten zu sprechen, um einmal das zu sagen, was mich wirklich bedrückte. Ich war dazu einfach nicht in der Lage, trotz allem, was er mir angetan hatte, diesem Mann irgendwie weh zu tun. Natürlich hatte ich auch Angst davor, wie er überhaupt darauf reagieren würde, war ich doch gewarnt, durch das, was ich bereits erlebt hatte. Mehr und mehr malte ich mir die Welt schön und ließ mich einfach vom Mainstream mitreißen.

So war die Hochzeit geplant und hatte dann auch im einfachsten Rahmen stattgefunden. Meinen Eltern war die Organisation gut gelungen In unserer kleinen evangelikalen Gemeinde fand dann die

Trauung statt, dort wurden wir dann unter dem Segen Gottes getraut. Auf diesen Segen hatte ich mich verlassen, und deswegen konnte ich vom Glauben her positiv in die Zukunft schauen. Die Hochzeit wurde ein richtiges „Event", denn sie fand an einem wunderschönen Sommertag statt. So war es dann auch möglich, dieses Fest im herrlichen Garten meiner Eltern zu feiern. Alle Gäste, überwiegend Verwandtschaft, waren in ausgelassener Stimmung, und alle hatten miteinander sehr viel Spaß. Ich fühlte mich wie in einem Film und spielte dabei die Hauptrolle, ich als Braut, in dem wunderschönen schlichten selbstgenähten Brautkleid, dazu der kurze Schleier, - endlich konnte ich einmal im Mittelpunkt sein! Mit dem geliehenen weißen VW-Cabrio waren wir durch den nahegelegenen Wald gefahren. Wie in einem Traum wehte mein Schleier im Fahrtwind, und ich empfand mich fern aller Realität, gleich einer Taube, die in eine neue Dimension schwebte. Das hatte mir einfach nur gut getan, und so war es mir auch gelungen, alle meine Zweifel, wie man so schön sagt, unter meine Füße zu treten.

Der Alltag holte uns schnell wieder ein, und das Leben ging weiter. Da wir noch keine eigene Wohnung hatten, wohnten wir sehr beengt bei meinen Eltern. Nach gegebener Zeit wurde dann auch bald unsere allerliebste Tochter Martina geboren. Es war eine sehr lange, schwere Geburt, doch der Schmerz war bald vergessen, als ich dieses allerliebste wunderschöne kleine Geschöpf in meinem Arm halten durfte. Schnell entwickelte sie sich zu einem sehr lieben Baby, sie war der Sonnenschein in unserer Mitte, und durch ihr „Dasein" kam sehr viel Freude ins Haus. So lebten wir als Großfamilie zwar in sehr beengten Räumlichkeiten, doch stets in einer Ausgeglichenheit und Harmonie. Diese wundersame Gemeinschaft bewirkten meine Eltern vor allem durch ihre Liebe und ihren gelebten Glauben, und sie wurden uns allen darin ein außergewöhnliches

Vorbild. Ganz besonders schätzten wir den steten Humor meines Vaters! Martina entwickelte sich unter diesen Umständen sehr gut und wurde bald der Mittelpunkt in unserer Familie, ja, sie machte uns allen viel Freude. Kinder fühlen sich in beengten Verhältnissen sehr wohl und geborgen, solange eine harmonische und fröhliche Gesinnung vorhanden ist, und, das war eben die Grundstimmung meiner Eltern. So verlief Martinas frühste Kindheit recht friedlich, trotz der engen Verhältnisse. Im Sommer war der Garten mit seiner gemütlichen Sitzecke der Platz, an dem wir uns bei gutem Wetter am meisten aufgehalten hatten. Sie konnte sich als fröhliches ausgeglichenes kleines Mädchen sehr gut entfalten. Als wir dann unsere erste eigene Zwei-Zimmerwohnung bekamen, wurde nach vier Jahren unser zweites Kind geboren. Ja, unser kleiner Junge hatte schon nach der Geburt längere pechschwarze Haare und dunkle Augen, und war, wie seine Schwester, ebenso ein wunderschönes

Kind. Wir hatten ihm den Namen „Michael" gegeben. Leider war es die schwerste Geburt, denn es gab weder Betäubungsmittel, noch bekam man eine Narkose. Man ließ die Frauen in ihrer Hilflosigkeit und den unsagbaren Schmerzen völlig alleine, es wurden eher noch spöttische Bemerkungen gemacht. Aber, bald war aller Schmerz vergessen, denn, auch Michael entwickelte sich ebenso gut wie seine Schwester. Jedoch stellte ich fest, dass seine Seele irgendwie belastet war, denn er hatte außergewöhnlich viel geschrien, leider konnten wir nicht herausfinden, was ihm eigentlich fehlte. Als Eltern waren wir bis aufs Letzte herausgefordert, besonders ratlos fühlte ich mich als Mutter, da ich ihn tagsüber, und auch des Nachts, sehr oft auf dem Arm getragen hatte. Diese Hilflosigkeit brachte uns Eltern, besonders aber mich als Mutter, fast an den Rand der Verzweiflung.

Bald konnte ich meinen Führerschein machen, und es war mir dann auch möglich, das Auto meines Mannes manchmal zu nutzen, um mit den Kindern meine Eltern zu besuchen. Ihre ausgeglichene, liebe Art hatte mir stets sehr viel Kraft und Freude gegeben, ja, sie bauten mich innerlich auf und das hatte besonders meiner Seele sehr gut getan. Gesellschaftlich waren wir durch den Tennissport meines Mannes gut eingespannt. Natürlich machte mir dieser Sport ebenso Freude, jedoch war ich nicht so erfolgreich, wie er stets mit bei den besten Spielern war. Zu der Zeit nutzte man fast jede Gelegenheit, eine Party zu feiern, gerade auch im Tennisclub hielt man sich jeweils lange auf, und es wurde meistens nach den Mannschaftsturnieren eine Party veranstaltet. Diese Turniere fanden ebenso auch in anderen Städten statt, manchmal sogar auch im Ausland, wie z.B. in Kopenhagen. Dort wurde im Anschluss des Turniers besonders ausgiebig gefeiert und natürlich mit Alkohol sehr großzügig umgegangen, wie es eben dort üblich war. Die Kinder übernachteten meistens dann an den Wochenenden bei meinen Eltern. Bei all diesen Veranstaltungen hatte ich eine Begabung entwickelt, mit allen Menschen, auch mit Persönlichkeiten, sehr gut zu kommunizieren, was meinem Mann dann auch besonders beruflich sehr zum Vorteil wurde, und, das machte uns eigentlich zu einem guten Team. Doch die Zeiten änderten sich bald. Mein Mann musste mit dem beruflichen Aufstieg auch sehr viel Einsatz zeigen, vor allen Dingen war er deswegen abends oft und auch lange unterwegs. Das bedeutete für mich natürlich, dass ich sehr viel alleine war.

Martina und Michael hatten sich in dieser Zeit sehr gut entwickelt, beide waren bezaubernde Kinder. Martina erlebte überwiegend noch die harmonischen Zeiten unserer Ehe. Bevor sie in die Schule kam, besuchte sie einen sehr guten Kindergarten (in der Innenstadt). Sie war stets sehr gerne dorthin gegangen, und wurde durch diese Zeit sehr positiv geprägt, was dann auch ihre soziale Kompetenz in der Berufswahl zeigte. So hatte sie sich dann für den Schwesterndienst in der Klinik entschieden. Michaels Kindheit war dagegen nicht so glatt und einfach verlaufen. Er fühlte sich stets unwohl, litt sehr häufig unter Bauchschmerzen, äußerte dann sein Unwohlsein stets mit kräftigem Geschrei, manchmal sackte er dabei leblos zusammen. Ich fühlte mich unsagbar hilflos, denn ich wusste nicht, wie ich ihm überhaupt hätte helfen können. Die Ärzte sprachen von „Absencen", die eigentliche Ursache für seine Bauchkrämpfe konnten sie jedoch nicht herausfinden. Natürlich fühlte ich mich deswegen für ihn besonders verantwortlich und war oft völlig rat- und hilflos, machte mir vor allen Dingen sehr große Sorgen um ihn. Nach einigen Monaten besserte sich sein Zustand, er wurde ausgeglichener, und dann, genauso wie auch Martina, ein niedliches fröhliches Kind.

Bald hatten wir die Möglichkeit in eine wunderschöne große Neubauwohnung zu ziehen, mit zwei Kinderzimmern und dazu eine sehr schöne große Diele, die wir als Essplatz nutzten. Eigentlich waren wir zu der Zeit eine wirklich glückliche Familie.

Wie ich es seit der Kindheit gewohnt war, bin ich dann auch mit den Kindern, wann immer es möglich war, in die Kirche gegangen. Dieser vertraute Kontakt wirkte sich auf beide Kinder sehr positiv aus: Auf diese Weise bekamen sie auch schon recht früh ein christliches Fundament, wie es mir auch meine Eltern vermittelt hatten. Es war mir stets ein Bedürfnis, regelmäßig diese Gottesdienste zu besuchen. Die Predigten stärkten meinen Glauben, der mir stets einen festen Halt gegeben hatte, und mich auch dann in den schwersten Lebenskrisen davor bewahrte, aus der tiefen Verzweiflung heraus, in die ich geraten war, den letzten Schritt zu tun. Alleine durch den Glauben hatte ich diese

Krise überhaupt überleben können. Anfangs begleitete mich mein Mann sogar oftmals in die Gemeinde, später ließ jedoch das Interesse schnell wieder nach.

Martina war unser Sonnenschein und konnte sich überall sehr gut integrieren und ist auch gerne in den Kindergarten gegangen. Für Michael fanden wir ebenso einen Platz im Kindergarten, der direkt unserer Wohnung gegenüber gelegen hatte. Wir wollten es ihm leichter machen, um ganz in der Nähe zu bleiben, denn, besser ging es doch eigentlich nicht, so hatten wir gedacht. Doch, da hatten wir uns leider sehr geirrt, denn das war genau sein Problem. Mit Sicherheit dachte er sich, warum er nicht gleich zu Hause bleiben könne, um mit den Kindern zu spielen, die er gekannt hatte. Aus diesem Grunde konnte und wollte er sich dort nicht integrieren. Es wurde täglich ein steter Kampf. Ja, heute wird mir klar, welche entscheidenden Fehler wir damals gemacht hatten. Der

Grund für seine Rebellion war die Angst, mich zu verlieren. Deswegen wollte er sich auch einfach nicht von mir trennen. Er hatte auch nicht verstehen können, warum er dort mit den total fremden Kindern spielen sollte, wo doch seine Freunde zu Hause waren. Erst heute ist mir das alles so richtig bewusst geworden. Ich war damals völlig verzweifelt und machte mir große Sorgen, denn ich konnte das eigentliche Problem eben nicht erkennen! Wir waren überzeugt, dass der Kindergarten einen hohen pädagogischen Wert hätte, und sich Kinder leichter dabei von der Mutter abnabeln zu könnten. Heute wird mir aber klar, dass Kinder eine besondere Sensibilität entwickeln und ein Gespür dafür bekommen, wenn die Harmonie bei den Eltern nicht mehr vorhanden ist, wie sie es gewohnt waren.

Das Verdrängen meiner Bedenken entfaltete sich bald zu einem Dauerzustand! Da ich abends sehr viel mit den Kindern alleine war, auch stets gute

Kontakte zu den Nachbarn pflegte, spürte ich eine innere Unzufriedenheit in mir, da mich das, was ich nun lebte, mich nicht ausfüllte, es blieb stets eine innere Leere zurück. Wie es zu der Zeit so üblich war, wurde an den Wochenenden oft gefeiert, jeder Anlass gab einen guten Grund dazu. Man traf sich entweder auf dem Tennisplatz oder abwechselnd zu Hause, und das machte uns alle zu „guten" Freunden. Natürlich waren wir sehr entspannt, war doch stets der andere Freund „Alkohol" mit dabei, denn er verdrängte alle Hemmungen. Die damit verbundene Gefahr des Alkohols, war uns damals nicht so recht bekannt, und wurde auch niemals hinterfragt. Schließlich kam ich in eine Ehekrise, da ich einer gefährlichen Versuchung nicht widerstehen konnte. Obwohl ich mit den Kindern regelmäßig in den Gottesdienst gefahren bin, denn der Glaube hatte mir zu allen Zeiten viel Kraft gegeben, bin ich leider nicht davor bewahrt worden, den großen gefährlichen Versuchungen zu widerstehen.

IX.   Die große Versuchung!

So ergab es sich schließlich, dass der Tennisverein der Platz war, wo wir überwiegend unsere Freizeit verbracht hatten. All meine guten Ansätze und großen Bemühungen bei diesen Turnieren waren nicht so sehr mit Erfolg gekrönt, nein, ich spielte Tennis, weil dieser Sport mir Spaß bereitet hatte. So fanden wir auch dort unsere Freunde, unter anderem traf ich eine ehemalige Klassenkameradin aus der 1.Klasse. Als Ehepaare hatten wir uns prächtig verstanden, ebenso auch die Kinder, die fast gleichaltrig waren. So verbrachten wir sehr viel Zeit miteinander, hatten an großen Bällen teilgenommen, aber auch privat hatten wir uns zu Hause sehr oft getroffen. All diese Gemeinsamkeiten hatten unsere Freundschaft gefestigt und schmiedeten uns zusammen. Natürlich waren auch andere Freunde aus dem Tennisclub dabei, und so planten wir einen gemeinsamen Urlaub in Dänemark. Wir wohnten alle in einem wunderschönen großen Ferienhaus hinter den Dünen. Es war ein traumhafter Urlaub, denn das Wetter war sehr schön. So konnten wir jeden Tag am Strand verbringen und dort in dem feinen, weichen, weißen Sand liegen, und das Rauschen des Meeres hören. Natürlich war das Baden ein besonderes Highlight, sich in die hohen Wellen zu stürzen. Den Kindern machten diese Urlaube eben so viel Freude, da sie sich untereinander ebenso wie wir Erwachsenen gut verstanden hatten. Später war es uns dann auch finanziell möglich, im Winter im Hochgebirge Ski-Urlaub zu machen. Durch gute Trainer lernten wir schnell, diesen gefährlichen Sport zu beherrschen und zu lieben. Es war einfach ein Traum, mit dem Lift ging es 3000 m hoch oben angelangt hatte man den totalen Weitblick über die zauberhafte winterliche Bergwelt, wie z.B. in „Saas Fee". Von dort ging es dann auf den Pisten hinab ins Tal. Beide Kinder lernten schnell, unter Betreuung, in kleinen Gruppen, sich auf Skiern gut zu bewegen und wagten dann auch bald kleine Abfahrten. Michael hatte eine besondere Liebe für diesen Sport und auch eine Begabung zum Abfahrtslauf. Bis in die heutige Zeit nutzt er jedes Jahr die Gelegenheit, mit Freunden zum Skilaufen in die Dolomiten zu fahren. Wir konnten es uns dann leisten, im Winter Abfahrtslauf zu machen, und im Sommer ging es dann an die herrlich weißen Sandstrände Dänemarks, um sich dort zu entspannen. Das hatte uns allen sehr gut gefallen. Zu diesem Kreis hatte sich bald ein weiteres Pärchen dazugesellt, ein Anwalt mit seiner Freundin. Wir kannten ihn aus dem Tennisclub und waren von dort sehr gut mit ihm befreundet. Man hatte durch den Sport gleiche Interessen, und das hatte uns zu diesen gemeinsamen Badeurlauben motiviert. Wir alle hatten das herrliche, stets stark bewegte Meer genießen können, denn es hatte uns zum übermütigen Baden eingeladen. Natürlich war der Alkohol stets der beste Freund, er brachte uns alle in eine gute Stimmung und nahm uns schließlich dann auch jegliche Hemmungen.

Während eines Urlaubs in Dänemark mit drei Paaren, war mir aufgefallen, dass genau zu diesem „Anwalt" eine besondere Nähe entstanden war. Es war eine totale Sympathie, denn wir hatten den gleichen Humor und die gleiche Wellenlänge. Schnell merkte ich, dass ich mich in diesen Mann total verliebt hatte. Nein, niemals hatte ich so etwas gewollt, noch je an so etwas gedacht. Ich war doch gut verheiratet und hatte zwei allerliebste Kinder, - und, wie sah es bei ihm aus? Er war geschieden, was ich später erst erfahren hatte, ("mehrmals", und er hatte bereits auch große Kinder) und, er hatte eine Freundin, eigentlich eine unmögliche Situation. Doch hatte dieser Mann einen besonderen Charme und übte dadurch eine starke Anziehungskraft auf mich aus. Es war sein Humor und seine freie Art, die Dinge einfach locker zu nehmen, und genau das hatte mir imponiert. Schnell hatte ich dann auch noch festgestellt, dass wir uns stets auf der gleichen Wellenlänge und dem gleichen Humor begegnet sind. Doch, als uns dann der normale Alltag wieder eingeholt hatte, gab es mit meinem Mann leider immer häufiger Auseinandersetzungen, und da er abends beruflich sehr oft unterwegs war, wurde die ganze Situation nicht einfacher, nein, ganz im Gegenteil. Ich entfernte mich innerlich mehr und mehr von ihm, bis es dann dazu kam, dass ich diesen Anwalt angerufen hatte, um ihm meine Situation zu schildern und ihn um einen Rat zu bitten, für eine eventuelle Trennung von meinem Mann. Eine sehr prekäre Situation, ja, für uns beide war es eine sehr schwierige Angelegenheit. Natürlich konnte ich ihm dann meine Gefühle zu ihm letztendlich nicht verheimlichen um ihm dann zu gestehen, dass er mir mehr als nur sympathisch war. Schnell merkte ich, dass diese Zuneigung auf Gegenseitigkeit beruhte. So kam es dann eben auch, wie es kommen musste. Eine Schraube fing an; sich langsam immer enger zu drehen und die Probleme meiner zerrütteten Ehe weckten in ihm Begehrlichkeiten. Plötzlich hatte auch er ein ganz anderes Interesse an mir, um mir dann schließlich auch seine Zuneigung zu gestehen. Sein Charme imponierte mir und zog mich in seinen Bann, was letztendlich dazu führte, dass ich all meine guten Vorsätze, ebenso auch meine gute Erziehung vom Glauben her, einfach über Bord geworfen hatte. Ja, - das war dann aber überhaupt auch das Schlimmste!

Bald bekannte ich ihm meine Liebe, er erwiderte sie mit seiner Zuneigung, daraufhin trafen wir uns eine Zeitlang regelmäßig. Ich hatte immer an das Gute geglaubt und mir natürlich mehr erhofft als nur eine kleine „Liaison". Doch nach einiger Zeit wurden die Treffen immer seltener, er hätte keine Zeit, so sagte er es mir. Darauf reagierte ich völlig verzweifelt und musste ihm dann gestehen, dass meine Ehe inzwischen gescheitert sei. Diese Situation schien ihm plötzlich prekär zu werden, und daraufhin zog er sich ganz zurück. Ich fiel in ein unendlich großes schwarzes Loch, konnte nicht mehr richtig denken, weder wusste ich noch ein und aus, und war in eine der schwersten seelischen Krisen meines Lebens geraten. Das schlimmste daran war, dass ich mit niemandem über meine Probleme sprechen konnte. Mittlerweile musste ich feststellen, dass inzwischen meine Ehe, nach allem, was geschehen war, nicht mehr zu retten war. Dieser Konflikt brachte mich zur Verzweiflung und zog mich in eine immer stärkere Krise, die unüberwindbar zu werden schien. Doch, was das größte Problem für mich war: mein „Freund", der Anwalt, versagte mir jegliche Hilfe, er ließ mich in dieser unglücklichen Situation völlig alleine. Er gab mir einen bitteren Korb, worauf ich in tiefste Verzweiflung fiel, denn ich konnte mich nicht einmal jemandem anvertrauen. So hatte ich es gerade nur geschafft, in dieser Zeit meinen Verpflichtungen den

Kindern gegenüber nachzukommen. Freundlicherweise bekam ich wenigstens von ihm die Adresse und Tel.-Nr. eines Anwaltes, der mich vor Gericht vertreten würde. Damit war das Kapitel für ihn zu Ende, kein Wort des Bedauerns, nein, er verschwand völlig aus meinem Gesichtsfeld. Die Realität hatte mich auf bitterste Weise aus allen Wolken heruntergeholt, ja, es war ein schlimmes Erwachen, denn alle Träume hatten sich schnell in Luft aufgelöst. Diese Realität hatte mir fast den ganzen Verstand geraubt, denn der Konflikt breitete sich bald auf allen Ebenen aus. Mein Mann war für Gespräche nicht mehr bereit, er konnte seine Enttäuschung nur mit Rache abreagieren, in Form von grober Gewalt an Leib und Seele, und das hatte grausame Folgen für mich. Ich musste mich so vor ihm schützen, dass mir nichts anderes übriggeblieben war, als mich in der gemeinsamen Wohnung in einem der beiden kleinen Kinderzimmer nachts zu verbarrikadieren. Daraufhin hatte dieser

Mann mir aufgelauert, um mir dann mehrmals auf brutalste Weise meine ganze Würde zu nehmen, so war da nun tatsächlich etwas geschehen, was mich mit Schrecken an die erste gemeinsame Reise mit ihm erinnerte!

Kein Mensch aus der Nachbarschaft hatte meine verzweifelten Hilfeschreie gehört, weder noch auf die polternden Geräusche reagiert. Niemand hatte am nächsten Tag nachgefragt, was denn überhaupt passiert sei. Meine Angst und Verzweiflung war unbeschreiblich. Die Kinder waren zu der Zeit bei meinen Eltern, da sie sich gerne an den Wochenenden bei ihnen aufgehalten hatten. Auf diese Weise waren sie wenigsten geschützt und hatten dieses Desaster nicht mitbekommen. Bei dem späteren Prozess wurde er für diese brutalen Mordanschläge, die mir schwerste seelische Schäden verursacht hatten, bei der Gerichtsverhandlung niemals zur Rechenschaft gezogen. Was ich bis heute auch nicht verstanden hatte, dass sich die Nachbarn niemals nach mir erkundigt hatten. In meiner Hilflosigkeit rief ich am nächsten Morgen die Polizei an, um von ihnen Rat und Hilfe zu bekommen, denn, an wen sonst hätte ich mich noch wenden können? Doch, was ich dort hören musste, kann man sich kaum vorstellen: man klärte mich nur auf, dass man nur etwas als Vergewaltigungsfall aufnehmen kann, wenn man Beweise hat, wie z.B. blutige Wunden, blaue Flecken und andere Verletzungen. Über diese Reaktion war ich nicht nur schockiert und erschrocken, sondern stürzte in eine tiefe Verzweiflung und Ratlosigkeit. Daraufhin konnte ich nur noch heulend und völlig verzweifelt in einer Ecke hocken. Meine Seele schrie zum Himmel, wo sonst gab es in meiner Situation überhaupt noch Gerechtigkeit und Hilfe. Ich wusste keinen Rat mehr, noch wusste ich, wem ich mich überhaupt noch anvertrauen konnte und was ich eigentlich machen sollte. Es hatte für mich eine ganz schreckliche Zeit begonnen, es war die schwerste Krise meines Lebens. Dass ich diese Zeit überhaupt ohne schwere psychische Schäden überstanden hatte, kann ich allein meinem Glauben verdanken. Doch dieser Glaube hatte mir jedoch diese tiefste Demütigung nicht erspart.

X. Der Neuanfang!

Das Leben ist dann trotzdem irgendwie weitergegangen. Ich hatte mich mit den Kindern arrangiert und mein Schlaflager in einem der Kinderzimmer aufgebaut. Langsam kam wieder etwas Licht in meine Dunkelheit, und dieses kleine Glück gab mir wieder Mut zum Leben. So ergab es sich, dass ich durch ein günstiges Angebot einen alten VW-Käfer erwerben konnte. Mein Vater hatte ihn so repariert, dass es mir möglich war, eine Arbeitsstelle anzunehmen, so war ich zeitlich unabhängig.

Wie durch ein Wunder, hatte ich bald einen passenden Arbeitsplatz gefunden. Nun kamen Phasen des „Glücks", und die bauten mich langsam wieder auf, denn das waren wirklich keine Zufälle, alles wurde plötzlich zum Guten gelenkt. So kam ganz langsam wieder Freude in mein Leben. Durch Zufall hatte ich eine Annonce in der Tageszeitung gefunden, die mir sofort ganz passabel erschienen war. So bewarb ich mich auf diese Anzeige und wurde tatsächlich gleich zu einem Gespräch eingeladen und auf Anhieb hatte ich diesen Arbeitsplatz bei der „Lübecker-Großhandels-Union" als Plakatmalerin bekommen. Diese Arbeit forderte meine Kreativität heraus und hatte mir dadurch viel Ablenkung gegeben, vor allem durch die Freude, die mir diese Arbeit bereitete. Es waren natürlich auch die netten Kollegen, mit denen ich mich sofort prächtig verstanden hatte, denn ihnen war es gelungen, mich wieder zum Lachen zu bringen. In der gemeinsamen Wohnung hatte ich in einem der Kinderzimmer mein Nachtlager aufgeschlagen, da ich um mein Leben bangen musste. Dann schlug das Schicksal erneut zu. Als ich eines Tages vom Dienst nach Hause kam und wie gewohnt die Wohnungstür öffnen wollte, blieb mir das Herz fast stehen, denn der Wohnungsschlüssel passte nicht mehr in das Schloss. Wie versteinert stand ich vor der Tür, bis ich begriffen hatte, dass mein Mann ein anderes Schloss hatte einbauen lassen. Ich war so schockiert, das es mir einfach nicht mehr möglich war, einen klaren Gedanken zu fassen. Langsam hatte ich aber begriffen, dass ich nun völlig mittellos auf der Straße stand. Ich hatte weder Geld, da ich nicht mehr an meine Sparbücher herankam, noch hatte ich meine wichtigen Unterlagen, noch Garderobe zum Wechseln. Schockiert, völlig hilflos und wie gelähmt stand ich nun vor der Wohnungstür, und konnte keinen klaren Gedanken mehr fassen. Was sollte ich denn nur tun? Ja, Rache ist süß für den, der sie ausübt, kann aber für den, den sie trifft, der Untergang sein. Genau das hatte er beabsichtigt und es war ihm gelungen, mich an meine äußersten Grenzen zu bringen, denn, nun ging nichts mehr. Voller Entsetzen rief ich eine gute Freundin an, die in der Nähe wohnte. Frauke war in dem Moment mein Engel, sie hatte mich herzlich aufgenommen. Sie gab mir freundlicherweise Unterkunft in ihrem Haus. Die Kinder musste ich schweren Herzens zurücklassen, da sie dort in dem Stadtteil zur Schule gehen mussten.

Niemals hätte ich gedacht, dass dieser Mann sich in seiner Rücksichtslosigkeit und Brutalität so steigern konnte. Zu Gesprächen fand ich keinen Zugang mehr. Wann immer wir uns begegneten, erlebte ich ihn voller Hass, wie von einem bösen Geist getrieben. Das war jetzt aber die Realität, die meinen Schritt zur Trennung, nur noch bestätigt hatte. Letztendlich bin ich der Hölle entronnen, so fühlte ich mich jedenfalls. Leider war ich tatsächlich so naiv und hatte immer auf ein Treffen gehofft mit einer fairen Auseinandersetzung. Aber auch hier war ich wieder im Irrtum. Nein, ich musste erneut feststellen, dass ich es mit einem skrupellosen Menschen zu tun hatte. Das Einzige, was ihm Kraft und Phantasie gab, war eben Rache auszuüben, und mich zu demütigen, ja, mich an die Grenzen meiner Existenz zu bringen. So hatte er wirklich alles getan, um mir den Rest meines gescheiterten Lebens so schwer wie möglich zu machen. Manchmal hatte ich mich gefragt, wer wohl seine Ratgeber waren, denn das hätte ich ihm niemals zugetraut, so etwas je zu tun. So war mir nichts anderes übrig geblieben, als zu meinen Eltern zu ziehen. Es blieb mir keine andere Wahl, denn wohin sollte ich auch sonst hingehen, als mich unter ihren Schutz zu stellen. Innerlich war ich ein völlig gedemütigter und total gebrochener Mensch. Ich brauchte einfach ihre Geborgenheit und ihre Liebe, ihren Beistand und ihren Trost, auch finanziell mussten sie mir helfen, obwohl sie selbst nicht viele Mittel zur Verfügung hatten. Dieser Schritt ist mir wahrhaftig nicht leicht gefallen. Doch es gab keine andere Wahl. Um mein Leben zu schützen, fand sich nur dieser eine Weg. Meine Kinder musste ich leider beim Vater zurücklassen, da sie vor Ort beide zur Schule gehen mussten. Diese Entscheidung ist mir wahrhaftig sehr, sehr schwer gefallen, doch es war die einzige Lösung. Eigentlich hätte ich eine psychiatrische Behandlung gebraucht, denn ich litt unter schwersten Depressionen.

Die nächste große Hürde war jetzt, einen Termin mit ihm zu vereinbaren, an dem ich noch einmal die Chance hatte, in die Wohnung zu kommen um meine persönlichen Sachen, vor allem meine ganze Garderobe abzuholen, was natürlich nur unter dem Begleitschutz meines Vaters möglich war. Es kam zu diesem vereinbarten Termin, doch voller Entsetzen stellte ich fest, dass er meine ganzen persönlichen Wertsachen entwendet hatte, wie z.B. meine Tagebücher, meinen Schmuck, die ganzen Briefe meiner Schwester,(wir hatten einen sehr regen Briefkontakt), alles was mir, wichtig war. Ich stand wie gelähmt davor, denn die Tagebücher waren für mich sehr wertvoll gewesen, da ich über viele Jahre hinweg alle die schönen Momente meines Lebens festgehalten hatte, aber besonders auch in diesen Büchern meinen Kummer abarbeiten konnte. Seit meiner Teenagerzeit führte ich Tagebuch. Damit versetzte er mir einen weiteren schweren Schlag und bereitete mir schwersten seelischen Kummer. Nichts davon hatte ich je zurückbekommen. Bis zur Scheidung verging natürlich noch sehr viel Zeit, es war meine schlimmste und dunkelste Zeit, sie kam mir vor, wie eine Ewigkeit. Mein „guter" Freund ließ mich in dieser Situation völlig allein, er „könne" mir nicht helfen, so hatte er sich geäußert. Das war die bittere Wahrheit, die meine Situation noch schlimmer machte. Deswegen hatte ich danach zu ihm überhaupt keinen Kontakt mehr, denn er hatte sich völlig zurückgezogen, und da, wo ich seinen Rat gebraucht hätte, war er für mich unerreichbar. Kein Mensch kann sich je vorstellen, wie elend, ich mich dabei fühlte, wie ratlos und verzweifelt.

Doch, dann geschah etwas ganz ungewöhnliches: zu meiner großen Überraschung hatte die damalige Freundin

dieses Anwaltes und spätere Frau(
ebenso Anwältin) mit mir einen Termin
vereinbart. Beide trafen wir uns in einem „Cafe", wo sie mir dann freundlicherweise Rat gegeben hatte, was ich in
dieser Situation überhaupt tun könne
und, was eben nicht. Welch ein Zynis-
mus, welch eine Demütigung für mich.
Doch das alles war mir in dieser aus-
weglosen Situation mittlerweile völlig
egal, ich hatte gar keine andere Wahl,
denn ich war auf Hilfe angewiesen. Bei
allem, muss ich hier erwähnen, diese
Frau war mir sehr sympathisch, sie hatte
mir dann sogar einen anderen Anwalt
vermittelt, damit dieses Drama überhaupt seinen Abschluss finden konnte.
Die Kosten hatte sie übernommen. So
wurde ich vor Gericht dann letztendlich
schuldig gesprochen, was für mich bedeutete, dass ich überhaupt keine Ansprüche irgendeiner Art hätte. Meine
entwendeten Kleidungsstücke, wie auch
die Wertsachen, hatte ich niemals zurückbekommen. So war letztendlich
alles nur noch seinen behördlichen

Gang gelaufen. Jedoch, diese Schuld anzunehmen, war für mich nicht leicht, doch es war, weltlich gesehen, wohl ein gerechtes Urteil. Doch worüber ich keinen Frieden finden konnte, ist meine Handlung. Für die Straftaten meines Ex-Mannes, wurde er jedoch niemals zur Verantwortung gezogen, obwohl, ich sie in allen Details vor Anwälten geschildert hatte. Nein, sie standen nicht einmal zur Debatte. Was ist denn da überhaupt Gerechtigkeit? Darüber kann ich bis heute keinen Frieden finden, nicht wegen Rachegelüsten, sondern, allein der Gerechtigkeit wegen. Das alles erscheint mir plötzlich, als sei das Gesetz der Gleichberechtigung niemals so richtig in die Praxis umgesetzt worden, jedenfalls nicht in den Köpfen der Männerwelt. So wird es mir ein ewiges Rätsel bleiben, warum er ohne Schulderkennung und ohne jegliche Reue, so einfach davon gekommen war. Doch mit dieser Schuld, die nach wie vor auf ihm lastet, muss er eben leben, und wenn er überhaupt ein Gewissen hat, dann ist das jedoch sein Schicksal. Ich musste dieses ungerechte Urteil annehmen, denn für einen Widerspruch hatte ich weder die nötige Kraft noch finanzielle Mittel. Diese ganzen Abwicklungen hatten jedoch bei mir einen großen Schaden hinterlassen, und belasteten meine Seele noch mehr. Genauso war ich durch die schweren seelischen Schäden durch die brutalen Übergriffe immer noch traumatisiert. Es war mir erst nach vielen, vielen Jahren möglich, ihm innerlich vor Gott vergeben zu können. Trotzdem brauchte ich sehr lange Zeit um überhaupt wieder Freude zu empfinden, um auch wieder lachen zu können, vor allem aber auch meine innere Mitte wieder zu finden. Es blieb mir ja keine andere Wahl, als mich zu arrangieren so gut es eben ging. Rückblickend muss ich sagen, es war die schlimmste Zeit meines Lebens.

XI. Mein zweites Leben!

Von dem Zeitpunkt an, kann ich von meinem zweiten Leben sprechen, denn mein Leben verlief danach auf einer völlig anderen Ebene weiter. Der Alltag hatte mich schnell wieder eingeholt, mit all seinen Herausforderungen. Mit den wenigen Mitteln, die mir überhaupt zur Verfügung standen, musste ich sehr vorsichtig und sparsam planen. Ich wohnte vorrübergehend bei meinen Eltern, während die Kinder noch beim Vater geblieben waren, da sie dort beide in die Schule gegangen waren. Diese Zeit war für mich sehr heilsam, da ich mich nun auch langsam von den schweren Depressionen erholen konnte. Doch war sie für mich eine starke seelische Herausforderung, da ich die Kinder für längere Zeit nicht sehen konnte. Ein befreundetes Ehepaar meiner Eltern hatte mir ganz unverhofft eine wunderschöne große 4-Zimmer-Altbauwohnung in der Moislinger Allee vermittelt. Das war wie ein Wunder, denn von nun an kam wieder Freude in mein Leben. Sie war frisch renoviert, vor allem aber wunderbar gelegen. Endlich war es mir möglich, wieder mit den Kindern zusammen zu leben. Beide hatten je ein eigenes Zimmer, dazu gehörte außerdem noch ein kleiner Garten direkt an einem Weg zum Kanal. Von dort konnte ich meine sportlichen Tätigkeiten erweitern, wie z.B. meine regelmäßigen Joggingtouren direkt entlang des Kanals. Auf diese Weise konnte ich mich geistig und vor allem körperlich fit halten. Dieses Angebot kam wie vom Himmel, und hatte uns allen sehr wohl getan.

Nun ging es endlich langsam wieder bergauf! Durch Zufall fand ich bald eine Arbeitsstelle als Plakatmalerin in einem Großhandelsunternehmen. Diese kreative Arbeit brachte mir sehr viel Ablenkung und Freude, vor allem durch die netten Kollegen. Doch, leider waren die Verdienstmöglichkeiten nicht sehr gut.

Es war mir dann trotzdem möglich, einen alten VW-Käfer zu kaufen, durch ihn war ich beweglicher und konnte meine Zeit besser nutzen. Nach dem Tod von „Onkel Erwin" (der Cousin meines Vaters), hatten wir Kinder von ihm etwas Geld geerbt. Er hatte damals für längere Zeit mit in dem Haus meiner Eltern gewohnt. Nach seinem Tod hatten wir festgestellt, dass er uns allen Geld hinterlassen hatte. Auf diese positive Entwicklung hin, kam ein weiteres großes Angebot dazu: Beim Zoll hatte man mir eine Stelle als Schreibkraft angeboten, das bedeutete, dass ich als Verwaltungsangestellte im öffentlichen Dienst tätig sein konnte, mit vielen Vorteilen, wie es sich später heraus gestellt hatte.

Doch wie ist das zustande gekommen? Solche Stellen findet man nicht so einfach auf dem Arbeitsmarkt. Wie der Zufall es wollte, traf ich eine ehemalige Kollegin, deren Mann beim Zoll tätig war. Natürlich hatte sie längst erfahren, was sich bei mir alles ereignet hatte. Daraufhin machte sie mir ein paar Tage später den Vorschlag, mich doch beim Zoll zu bewerben, denn man würde dort gerade eine Schreibkraft suchen. Nein, das war kein Zufall, sondern das kam direkt wieder vom Himmel. So hatte ich mich auch gleich dort beworben, und, als ob alle auf mich gewartet hätten, stellte man mich sofort ein, da ich alle Kriterien erfüllte. Als Verwaltungsangestellte im öffentlichen Dienst war ich abgesichert und hatte viele Vorteile. In der Position wurde ich Geheimnisträger und musste dann aber auch alle Reisen ins Ausland stets anmelden. Nach der Auflösung des DDR-Regimes wurde dieser Dienstposten natürlich aufgelöst. Doch wer bei der Verwaltung angestellt war, wird in solchen Situationen einfach „weitergereicht". So bin ich dann durch den Umbruch der politischen Situation und nach dem Wechsel verschiedener Arbeitsplätze, schließlich am Skandinavien-Kai in Travemünde bei der Zollabfertigung gelandet. Dort konnte ich bis zu meinem Rentenalter tätig sein. Es war der absolut beste Arbeitsplatz, den man sich denken konnte. Ich arbeitete zuletzt direkt oberhalb der LKW-Abfertigung für die Fährpassagen nach Schweden und Finnland. Später arbeitete ich sogar als Sekretärin meines Chefs, jedoch ohne jeglichen Mehrverdienst. Trotzdem hatte mir die Arbeit sehr gut gefallen, denn wer dort gearbeitet hatte, konnte natürlich viele Vorteile nutzen, und diese kamen mir sehr zu gute. Wir durften z.B. zu geringen Sonderpreisen Fahrten nach Skandinavien machen, was ich natürlich fleißig genutzt hatte, wie z.B. die Überfahrten nach Helsinki, mit dem damals schnellsten Fährschiff der Welt, der „Fin-Jet"! Mir ist es wichtig, hier auch zu erwähnen, wie es mit diesem einzigartigen Fährschiff weitergegangen ist. Man hatte die „Fin-Jet" später (nach ca. 20 Jahren) der hohen Kosten wegen, aus dem Verkehr ziehen müssen, um es letztendlich in China verschrotten zu lassen. Mit Wehmut hatte ich alles verfolgt, - welch eine tragische Geschichte für dieses riesige Fährschiff, denn es gab keine weiteren Neubauten dieses gewaltigen Kolosses. Diese Episode musste ich unbedingt erwähnen, da es für mich eines der größten Erlebnisse war, überhaupt mit dem größten Fährschiff der Welt zu der Zeit gefahren zu sein.

So kam langsam wieder Licht in meine Dunkelheit, und, das baute mich wieder auf, ja, ich konnte diese Segnungen dankbar annehmen, und war glücklich. Besonders freute ich mich aber darüber, dass die Kinder diesen Horror einigermaßen gut überstanden hatten, und, das war für mich das Wichtigste. Der einzige, der sich nicht gleich so recht eingliedern konnte, war Michael. Das äußerte sich in Aufmerksamkeitsproblemen, die er nach der Umschulung in die andere Schule hatte, sie lag direkt unserer Wohnung gegenüber. Innere starke Blockaden hinderten ihn daran, am Unterricht konzentriert teilzunehmen. So hatten Schulpsychologen versucht, ihm zu helfen, jedoch blieb er lange Zeit verschlossen und lustlos, das machte ihn zu meinem Sorgenkind. Unter den ganzen Umstellungen hatten die Kinder mit Sicherheit am meisten gelitten, besonders aber Michael. Das alles wurde mir erst später bewusst, denn durch seine Sensibilität hatte er vieles einfach nicht verkraften können und wurde dadurch der wirklich Leidtragende und blieb daher lange Zeit verschlossen und lustlos. So machte ich mir große Sorgen um ihn, ja, er brauchte meine ganze Aufmerksamkeit und Zuwendung. Martina hatte in ihrem Alter die schwierigen Umstände besser verkraften können. Sie hatte ihre „Mittlere Reife" mit gutem Abschluss geschafft, und anschließend machte sie eine Ausbildung als Kindergärtnerin. Hier muss ich mit tiefstem Bedauern feststellen, dass ich versagt hatte, den Kindern Geborgenheit und Liebe, vor allem aber die nötige Zuwendung in der Zeit zu geben, wo es gerade für sie besonders wichtig gewesen wäre. Doch muss ich hier gestehen, dass ich ja selbst kaum in der Lage war, meine tiefsten seelischen Verletzungen zu überwinden, ja, überhaupt mein Leben in den Griff zu kriegen.

Für Michael fand ich dann einen Schulpsychologen, der ihn eine Zeitlang begleitet hatte, um ihn seelisch wieder aufzubauen, und ihn vor dem Schlimmsten bewahren konnte. So war es ihm danach schließlich sogar möglich, seinen Schulabschluss machen zu können, und dann eine Kfz-Lehrstelle absolvieren und später sogar seinen Meistertitel erwerben konnte. Martina hatte bereits in der Zeit ganz andere Pläne, diese besprach sie natürlich nicht mehr mit mir, nein, das übernahm nun ihre Freundin, was eigentlich auch eine ganz normale Entwicklung war.

Im Nachhinein kann ich nur sagen, dass Gott mich einen wundersamen Weg führte. Vieles war für mich unverständlich geblieben und, manchmal kaum mehr zu ertragen, doch er war es, der meine Seele wieder heilte, durch seine

Wohltaten an mir. Dadurch war es mir dann überhaupt möglich, dem Vater meiner Kinder vergeben zu können. Wann immer ich ihm begegnete, konnte ich ihm freundlich in die Augen sehen. So ist Vergeben und ebenso das Verzeihen etwas, was aus eigener Kraft niemals möglich ist, das kann man sich nur schenken lassen.

XII.   Freude am Gesang!

In meiner schwersten Krise fand ich durch gute Freunde den Zugang zum „Lübecker Bach-Chor", und hatte dort ein neues Umfeld gefunden. Dort lernte ich viele nette Menschen kennen und konnte neue Freunde gewinnen, die mir viel Ablenkung von all meinen Sorgen gegeben hatten. Das Singen machte mir sehr viel Freude und ist mir, wahrscheinlich durch eine angeborene Musikalität, sehr gut gelungen. Heißt es doch „Gesang verschönt das Leben", genauso hatte ich es auch empfunden. So konnte ich mich dort sehr gut einbringen und bei den großen Konzerten in der historischen „Ägidien-Kirche" mitsingen. Das baute mich wieder auf und machte mir sehr viel Freude, da ich diese Musik seit meiner Kindheit stets geliebt hatte. Endlich konnte ich an den Konzertreisen, die wir dann zusammen unternommen hatten, einmal wieder ferne Länder kennen lernen und natürlich lernten wir uns auch als Chormitglieder besser kennen. Das war stets eine große Bereicherung für uns alle, denn diese Reisen hatten natürlich den Zusammenhalt der „Sänger" gefestigt. Man ist sich freundschaftlich näher gekommen. So wurde mein Leben langsam wieder heiter und schwerelos, ich kann es im Nachhinein nur so beschreiben. Gott hatte mich einen wundersamen Weg geführt, um nach all den erlebten Grausamkeiten, endlich wieder Frieden finden zu können und durch den Gesang wieder Freude erleben durfte.

Eine große Herausforderung waren die Erstaufführungen einiger moderner Chorwerke, teilweise mit Bühnendarstellung, die unter der Leitung unseres Dirigenten, Klaus Meyers standen, die er selbst komponiert und arrangiert hatte. So wurden alle diese Werke zu großen Erfolgen und wurden stets mit besten Kritiken in den Medien honoriert. Vor allem waren es aber die großen Chorwerke und Messen der bekannten

alten Meister, wie z.B. meine Lieblings-
komponisten (Bach, Händel, auch Cho-
pin usw.), die er mit uns ebenso einstu-
diert und aufgeführt hatte. Es ergaben
sich auf diesen Chorreisen viele neue
Freundschaften. Einige waren sehr
wichtig für mich gewesen. Außerdem
konnte ich auf diese Weise endlich wieder neue Länder und Städte kennenlernen und das alles hatte mich innerlich
wieder aufgebaut.

Etwas später kam dann, zu meiner großen Freude mein Bruder Wilfried mit in
den Chor. Auf diese Weise konnten wir
uns etwas näher kommen, wie ich es mir
stets so sehr gewünscht hatte. Niemals
hatte ich den Grund für seine Zurück-
haltung mir gegenüber erfahren. Da
dieser Chor recht groß war, hatte ich mir
natürlich auch von Herzen gewünscht,
in dieser Chorgemeinschaft einen Partner kennenzulernen. Ich empfand große
Sympathien zu einigen männlichen Mit-
gliedern, die mir sehr zu Herzen gegangen waren, was in einer Chorgemein-

schaft eigentlich völlig normal ist. Es war jedoch absolute Vorsicht geboten, denn diejenigen, die mir den Hof machten, waren leider meistens verheiratet. Nein, mit diesen Problemen hätte ich nicht leben können, das hatte ich aus meiner eigenen Erfahrung lernen müssen.

Hierbei muss ich die gemeinsame Konzertreise nach Leningrad besonders erwähnen. Von Travemünde aus waren wir mit dem Fährschiff nach Helsinki gestartet. Auf dieser Fahrt hatten wir uns alle untereinander etwas besser kennenlernen können. Die Konzerte in Finnland, z.B. in Mikkeli, wurden alle für uns zum großen Erfolg. Die Finnen dankten es uns vor allem durch ihre herzliche Gastfreundschaft. Es ist bekannt, dass die Skandinavier dem Alkohol sehr zugetan sind, dadurch waren wir uns alle aber auch sehr schnell näher gekommen. Schon bald ging es weiter zu unserem eigentlichen Ziel, und das war die wunderschöne Stadt Leningrad.

Die Busreise dorthin eröffnete uns allen bald die Eintönigkeit dieser Landschaft, denn stundenlang fuhren wir durch endlose Wälder, nichts als Wälder. Doch, alle waren wir plötzlich überrascht, als aus dieser einsamen Waldlandschaft ein Elch hervortrat. Nie zuvor hatte ich je so einen großen Koloss auf freier Wildbahn gesehen, das war etwas Einmaliges. So wurde uns diese unendlich lange Bustour doch auch zu einem unvergessenen Erlebnis.

Schließlich erreichten wir unser Ziel, und das war die prächtige alte Stadt „Leningrad". Kaum zu glauben, wie schön diese einzigartige Stadt ist, für mich war es ein besonderes Erlebnis, sie zu sehen und zu erleben. Uns blieb aber ebenso auch die Widersprüchlichkeit dieser Stadt nicht verborgen. Denn einerseits bewunderten wir die kunstvollen herrschaftlichen Paläste, bestaunten vor allem auch die prächtigen wertvollen Kunstschätze aus der Zarenzeit, in der „Eremitage", dem berühmten Museum in Leningrad. Schnell war uns jedoch zu all diesem Prunk der krasse Unterschied zu der Bevölkerung aufgefallen, die in einer unsagbaren Armut lebten. Ein weiterer Höhepunkt war dann der Besuch des ebenso berühmten Theaters mit der Aufführung des Balletts „Schwanensee", diese Aufführung hatte alle unsere Erwartungen weit übertroffen. So wurde diese Reise nach Leningrad für uns der Höhepunkt dieser Chorreise und ist uns allen in bester Erinnerung geblieben, vor allem war die ganze Reise perfekt organisiert. Die gemeinsamen Erlebnisse hatten uns untereinander auch etwas näher gebracht. So hatte sich diese Chorreise bei mir tief eingeprägt, denn es war eine der interessantesten Reisen, die ich je gemacht hatte. Daher wurde der Gesang, vor allem aber auch die Gemeinschaft unter den Sängern für mich sehr wichtig, und hatte mir stets gut getan und mich aufgeheitert. Doch der heimliche Wunsch, dort einen Partner zu finden, der hatte sich leider nicht erfüllt. Letztendlich hatten wir uns alle miteinander sehr gut verstanden, so war es im Nachhinein gesehen, für uns alle überhaupt das Beste.

XIII. Meine erste Reise nach England

Das Reisen fing langsam an, mir sehr viel Freude zu machen. Mutig wie ich war, fasste ich dann auch den Plan, und wagte dann, mit den Kindern zusammen in den Ferien nach England zu reisen, um dort die Familie meiner Schwester endlich wiedersehen zu können. Mit meinem alten „Simca", den ich günstig erwerben konnte, konnten wir dann diese Reise überhaupt planen. Wir hatten uns zum Ziel gesetzt, auf dieser Reise die jeweiligen Hauptstädte der Länder kennen zu lernen, die wir durchqueren mussten, und dort dann in den jeweiligen örtlichen Jugendherbergen zu übernachten. Das war natürlich ein großes Abenteuer für mich, doch die Sehnsucht, endlich meine Schwester in England einmal wiedersehen zu können, gab mir den Mut und die Kraft, diese Reise zu wagen trotz der großen Herausforderung. Wir hatten uns längere Zeit nicht gesehen, da es ihnen stets am Geld gemangelt hatte, um mit der ganzen Familie eine Reise nach Deutschland zu finanzieren. Daher wurden ihre Besuche eine Seltenheit, natürlich war dann die Freude stets umso größer, wenn wir uns endlich einmal wieder sehen konnten. Schon bald hatte ich alles organisiert und geplant bis ins letzte Detail, und dann ging es auch schon los. Natürlich war die zu fahrende Strecke sehr lang, und wurde alleine für sich zu einer abenteuerlichen Reise.

Unser erstes Ziel war Belgien und zwar die Hauptstadt Brüssel, um dort in der Jugendherberge zu übernachten. Danach ging es weiter durch Holland, um von dort dann mit der Autofähre über den Kanal nach England zu gelangen. Wir reisten jeweils in Etappen, um auch die wichtigsten Sehenswürdigkeiten der jeweiligen Länder und Städte, die wir durchqueren mussten, kennenzulernen und das war doch recht spannend. Die

Überfahrt mit der Fähre über den Kanal war durch den steten starken Seegang doch sehr bewegt. Daraufhin ist es mir sehr schlecht ergangen und es war mir nicht mehr möglich, mich während der ganzen Überfahrt, um die Kinder zu kümmern, doch sie waren stets an meiner Seite geblieben. Schließlich hatten wir es geschafft, alles hat eben auch ein Ende, und wir konnten dann wohlbehalten mit dem Auto von Bord fahren. Natürlich war von jetzt an absolute Vorsicht geboten, denn es hieß: Achtung „Linksverkehr"! Das war natürlich eine große Herausforderung für mich mit totaler Konzentration, aber, es war mir gut gelungen. Die Weiterreise verlief problemlos, denn ein guter Straßenatlas ermöglichte es uns, dann aber auch dort die wichtigsten Sehenswürdigkeiten bei der Weiterreise, anzuschauen. Allein die Jugendherbergen waren teilweise in alten Burgen untergebracht, nachts hatte es dann tatsächlich dort manchmal „gespukt", was mir natürlich total unheimlich war.

Doch schließlich erreichten wir unser Ziel. Es war sehr aufregend, die neue sogenannte Satellitenstadt „Bracknell" überhaupt zu finden, wohlgemerkt, ein Navigationsgerät gab es damals noch nicht für Autos, hätte aber vieles leichter gemacht. Doch die Spannung löste sich schnell, als wir das Haus meiner Schwester in Bracknell endlich erreicht hatten. So konnten wir uns alle herzlich in die Arme schließen und waren überglücklich. Die Sehnsucht war einfach zu groß, einander wiedersehen zu können. So verbrachten wir alle gemeinsam eine sehr schöne Zeit, denn auch die Kinder hatten sich ebenso prächtig verstanden. Natürlich versuchten wir, möglichst viele Sehenswürdigkeiten in der Umgebung kennenzulernen und hatten dabei natürlich auch stets viel Spaß miteinander, denn mein Schwager war ein ausgesprochener Komiker. Durch einen Zufall hatte ich auf dieser Reise, den Schwager meiner Schwester kennengelernt. Michael war ebenso wie ich gerade geschieden, und es war von Anfang an eine große Sympathie füreinander zu spüren. Er hatte mich später noch einmal nach London eingeladen, dieser Besuch wurde für mich eine unvergesslich schöne Zeit mit ihm. Ich wohnte mit in seinem Haus, und er bereitete mir den Himmel auf Erden. Er hatte es verstanden, mich zu verwöhnen, wie ich es niemals vorher und auch nachher nicht mehr so erlebt hatte. Ganz besondere Höhepunkte waren z.B. die Besuche der größten und bekanntesten Konzerthäuser Londons, das waren die „Royal-Albert-Hall" und die „Royal-Festival-Hall". So konnte ich dort berühmte Dirigenten und bekannte Orchester kennenlernen. Es waren Konzerte, die alles je Gehörte und Erlebte, weit übertroffen hatten. Niemals werde ich sie je vergessen, denn, es waren die ganz großen Highlights in meinem Leben. Wann immer ich „Michael" besuchen konnte, war es stets etwas Großartiges. Jedoch reichten diese vielen großen Momente nicht aus, um den gewaltigen Schritt zu wagen, ganz nach England umzuziehen, so, wie wir beide es uns sehr gewünscht hätten. Es war und blieb ein einziger Traum, denn dieser Schritt hätte meinen beiden Kindern große Probleme bereitet. Außerdem hätte es ihnen auch nicht gut getan, hatten sie doch durch den ganzen Scheidungsprozess genug seelischen Stress gehabt. Außerdem hätten sie sich in dem Fall auf ein total anderes Schulsystem einstellen, und dabei dann natürlich auch die andere Sprache perfekt beherrschen müssen. Diese vielen Umstände hinderten mich letztendlich daran, diesen gewaltigen Schritt zu wagen. Ja, es war mir wahrhaftig sehr schwer gefallen, Michael dann meine Entscheidung mitzuteilen, eben nicht nach England zu ziehen. Es dauerte sehr lange Zeit, bis ich das überwunden hatte. So lebte ich lange Zeit in Erinnerung an diese unsagbar schöne, fröhliche und entspannte Zeit, die wir miteinander verbracht hatten, doch vor allem vermisste ich seinen einzigartigen englischen Humor. Ihm ist es sicher ähnlich ergangen, denn er war daraufhin so enttäuscht, dass er sich nie mehr bei mir gemeldet hatte. So siegte die Vernunft, doch die vielen einmalig schönen gemeinsamen Erlebnisse hätten jedoch die viel zu großen Probleme nicht ausgleichen können, die ich mit der ganzen Organisation, z.B. des Umzugs gehabt hätte. Das größte Problem war jedoch, die Kinder in England schulmäßig einzugliedern. Das alles wurde mir bewusst, als ich Pläne für einen eventuellen Umzug machte. Die Kinder hätten zuerst die Sprache beherrschen müssen, um sich dann auch noch auf ein total anderes Schulsystem einzustellen. Das alles hätte ich ihnen niemals zumuten können. Leider blieb uns nur noch das Telefon, um Verbindung zu halten, doch die Zeit tat das Ihrige, und die Telefonate wurden immer seltener, ebenso blieb dann auch das Briefeschreiben aus.

Was uns alle dann aber einige Jahre später stark erschüttert hatte, war die Nachricht vom plötzlichen Tod meines Schwagers. Auf grausame Weise war er ermordet worden. Nein, das konnten wir einfach nicht fassen. Aber, was war passiert? Nun, er arbeitete auf einem Golfplatz und wollte eines Abends von dort nach Hause gehen. Bei sich trug er die Kasse mit den Eintrittsgeldern, für die er verantwortlich war. Tatsache war jedoch, dass er niemals zu Hause angekommen war. Große Suchaktionen wurden in Gang gesetzt, bis man ihn schließlich gefunden hatte. Der Anblick musste schrecklich gewesen sein. Man hatte ihn ausgeraubt und getötet. Als man ihn gefunden hatte, war er schrecklich zugerichtet, so dass man ihn kaum wieder erkennen konnte. Meine arme Nichte, die in der Nähe wohnte, musste ihren Vater identifizieren. Man kann sich kaum vorstellen, welch einen Schock sie bekommen hatte. Meine Schwester wäre dazu gar nicht in der Lage gewesen, sie stand unter ärztlicher Betreuung.

Dieses Erlebnis hatte ihr Leben dann aber völlig verändert. Sie tröstete sich mit Alkohol und später kamen leider auch Drogen hinzu. Sie fand durch ihre andere Lebensweise ein völlig neues Umfeld. Schließlich hatte sie sich entschieden, im Landkreis „Devon" ein altes mit Reed gedecktes Cottage zu kaufen. Bei dem Umzug bin ich nach England gereist, um ihr zur Seite zu stehen um ihr bei dem Umzug zu helfen. Ich überführte ihren PKW und fuhr dem Umzugs-LKW hinterher. Es verlief alles problemlos und nach langer Fahrt erreichten wir dann auch das Ziel. Ich war sprachlos von der herrlichen Lage dieses alten wunderschön gelegenen Hauses. Es glich einem Bild aus einem englischen Reiseführer, mit einem dazu gehörigen zauberhaften kleinen Garten an einem kleinen Bächlein gelegen, mit sehr altem Baumbestand.

Eigentlich hätte sie dort glücklich sein können. Doch leider ist ihr dort das Alleinsein in dieser dünn besiedelten Gegend letztendlich nicht gut bekommen, trotz der guten Kontakte zu den Nachbarn. Nach ein paar Jahren kaufte sie sich dann ein Wohnboot auf einem Kanal bei Windsor, sie war also wieder in die Nähe ihrer Tochter gezogen. Wie das Schicksal es wollte, lebte sie dann dort mit einem Mann zusammen, der den Drogen sehr zugetan war.

Die Kinder waren natürlich inzwischen erwachsen und lebten ihr eigenes Leben. Malcom, der Jüngste hatte sich schon früh von der Familie distanziert, so hatte ich auch niemals mehr etwas von ihm erfahren. Doch zu der älteren Tochter Rena hatte ich stets sehr guten Kontakt. Bis heute sehen wir uns regelmäßig, wenn auch in größeren Abständen. Sie arbeitet als Krankenschwester in Windsor, wo sie auch heute noch wohnt, ganz in der Nähe des königlichen Schlosses. Mit Peter, einem Flugzeugbauingenieur, ist sie glücklich verheiratet und gemeinsam haben sie eine Tochter. „Rachel", so ist ihr Name. Peter ist bei „British Airways" beschäftigt und musste deswegen viel im Ausland arbeiten. Rachel, die Tochter machte später dann ein Ingenieur-Studium an der Ostküste Englands. So bin ich natürlich nicht mehr so oft nach England gereist, da die Verbindung dorthin sehr kompliziert war.

Doch in diesem Zusammenhang muss ich hier doch noch erwähnen, dass Donatus und ich damals meine Schwester dort in Devon besucht hatten. Auf der Durchreise nach Cornwall, wo wir gerne Urlaub gemacht hatten, wagten wir diesen recht abenteuerlichen Umweg, um das reetgedeckte alte „Cottage" überhaupt zu finden. Wir waren beim Anblick begeistert, das Haus glich einem Postkartenmotiv, von einer wunderschönen typisch englischen Landschaft umgeben. Besonders begeisterte uns der kleine alteingewachsene Garten mit dem Bächlein. Eigentlich hätte sie dort glücklich sein können, da sie doch nun alles gefunden hatte, was sich manch einer erträumt hätte. Trotzdem konnte sie auch dort den ersehnten Frieden nicht finden. Nein, die Einsamkeit hatte ihr auch wahrhaftig nicht gut getan.

Was war also geschehen: Sie hatte also damals das „Cottage" wieder verkauft und zog zurück in ihre alte Umgebung. Sie kaufte sich in der Nähe des Wohnortes ihrer Tochter bei Windsor, ein älteres „Wohnboot". Es ist nichts Ungewöhnliches, auf der Themse in einem Boot zu wohnen, ja, es hat einen ganz besonderen Charme, was in England gerne genutzt wird und so eine eigene Kultur entwickelt hat. Leider hatte sie in dem Umfeld keine „guten" Freunde gefunden. Sie hatte dort einen merkwürdigen Mann aus dem Drogenmilieu kennengelernt, den wir bei einem Treffen, sofort als „Junkie" erkannten, als wir ihr damals, während einer Durchreise nach Cornwall einen Besuch abgestattet hatten. Schnell konnte man es an dem Geruch wahrnehmen, und es brauchte nicht viel Fantasie, um sich vorzustellen, was nun auch bei meiner Schwester ablaufen würde, denn es war nicht zu übersehen, dass sie leider ebenso in diese Abhängigkeit geraten war. Ich machte mir sehr große Sorgen um meine Schwester, denn ich hatte das Gefühl, dass ich sie verloren hatte. Irgendwie fand ich nicht mehr den Zugang zu ihr, sie war mir plötzlich fremd geworden, ja, in ihr begegnete mir eine ganz andere Persönlichkeit. Die Drogen hatten ihr Wesen stark verändert, sie war nicht mehr das, was uns als Schwestern so verbunden hatte und wie ich sie stets gekannt und geliebt hatte, das alles machte mich unendlich traurig.

Ein paar Jahre später bekam ich einen Anruf aus einer Klinik in England! Eine Ärztin hatte mir mitgeteilt, dass man meine Schwester in einem schrecklichen Zustand mit starken Verbrennungen dort in der Klinik eingeliefert hatte. Leider waren diese Verbrennungen nicht mehr zu behandeln, und das wiederum hieß für mich, dass dadurch ein Überleben unmöglich war, und ich meine Schwester für immer verloren hatte.

Diese Nachricht hatte mich in einen Schock versetzt und mich sehr tief berührt. Etwas später hatte ich dann auch die Geschichte erfahren, wie es überhaupt dazu gekommen war. Folgendes hatte sich ereignet: eine ehemaligen Klassenkameradin aus Deutschland, hatte sie auf ihrem Boot besucht. Sicherlich hatten sie beide viele alte Erinnerungen ausgetauscht und viel Spaß dabei gehabt, und wahrscheinlich hatten sie, wie es so üblich ist, etwas Alkohol zu sich genommen und der Gemütlichkeit wegen auch eine Kerze angezündet. Vermutlich ist sie dann später, als sie ihre Freundin verabschieden wollte, mit von Bord gegangen war. Man kann sich gut vorstellen, was dann geschah. Die brennende Kerze hatte ein Feuer ausgelöst, das sich schnell ausgebreitete. Mit Sicherheit war sie in Panik geraten und dann schnell noch einmal hineingelaufen, um wenigstens die wichtigen Papiere und ihre Wertsachen zu retten. Nun, alles weitere, was dann tragischer Weise passierte, kann man sich denken. Sie

hatte es dann einfach nicht mehr geschafft, rechtzeitig aus dem Inferno heraus zu kommen. So wurde sie mit
schwersten Verbrennungen dann in die
nahegelegene Klinik eingeliefert. Diese
Reaktion ist, menschlich gesehen, völlig
normal, doch hatte sie ihr letztendlich
das Leben gekostet, denn alle ärztlichen
Bemühungen, waren vergeblich. Kurz
darauf war sie dann verstorben.

Eine sehr freundliche Ärztin hatte mich
kurz nach ihrem Tod angerufen, um mir
persönlich diese traurige Nachricht zu
übermitteln. Ja, diese Botschaft hatte
mich sehr stark getroffen und ich fiel
daraufhin in eine tiefe Traurigkeit. Einige Tage später bin ich dann nach England geflogen, um mich zusammen mit
meiner Nichte bei einem Trauergottes-
dienst von meiner Schwester, zu verabschieden. Diese Begegnung ist uns beiden sehr nahe gegangen, denn, obwohl
wir die einzigen Besucher in der Fried-
hofskapelle waren, hatte die Pastorin
eine Andacht gehalten, die uns so sehr

zu Herzen gegangen und uns sehr berührt hatte, durch ihre weisen, aber vor allem, tröstenden Worte. Ja, sie hielt eine Andacht, als ob sie meine Schwester persönlich gekannt hätte. Ein regelrechtes Phänomen für uns beide. Diese Begegnung hatte uns, bei all der Traurigkeit, letztendlich aber sehr viel Trost gegeben.

Seitdem halte ich zu meiner Nichte die besten Kontakte. Leider hatte sich der etwas jüngere Sohn meiner Schwester, Malcolm, total zurückgezogen, wahrscheinlich war er seelisch auch nicht in der Lage, an dieser Beerdigung teilzunehmen. Von ihm hatte ich nichts mehr gehört, obwohl ich ihm lange Zeit einen kleinen Geldbetrag zum Geburtstag geschickt hatte. Nun gut, ich respektiere es. Es ist eben seine Art, mit seinem schweren Schicksal fertig zu werden. Zu meiner Nichte Rena habe ich zu meiner großen Freude sehr guten ständigen Kontakt, wir hatten uns regelmäßig gesehen, und wenn es nicht so gut einzurichten war, war der Kontakt über "Skype" jedoch möglich, uns wenigstens auf diese Möglichkeit nahe zu sein. Welch eine sinnvolle Erfindung.

XIV. Treffen eines alten Freundes!

Nun mache ich hier einen großen Sprung zurück in meine Vergangenheit. Wie war es mir damals, nach der Trennung von dem Vater meiner Kinder weitergegangen? Es ereigneten sich plötzlich Zufälle, die im Nachhinein einfach zum Staunen sind. Meine Mutter war von je her eine von Herzen gute Frau. Sie half dort, wo Hilfe nötig war. So ergab es sich, dass sie vor vielen, vielen Jahren eine Freundin in der Gemeinde kennengelernt hatte, deren Mutter eine weit bekannte Heilpraktikerin war.

Wie es sich später ergab, heiratete die Tochter einen Heilpraktiker, der dann auch mit in dieser Praxis gearbeitet hatte. Diese Praxis war sehr gut besucht und bald über die Grenzen bekannt. Die Familie mit den fünf Kindern wohnten zusammen mit den Großeltern, dazu noch die Praxisräume. Meine Mutter hatte anfangs dort, neben der Putzfrau, in dieser 8-Zimmer-Wohnung, aus christlicher Nächstenliebe, oft im Haushalt ausgeholfen. Dafür waren wir Kinder, wann immer wir irgendwie erkrankt waren, (wir hatten oft an schweren Erkältungen mit Bronchitis gelitten), als Patientinnen gut behandelt worden, natürlich, ohne dafür bezahlen zu müssen. So kam es, dass der Mann der Heilpraktikerin mit seinem Enkel des Öfteren zu uns nach Hause kam, da er meine Mutter, wohl wegen ihrer Güte und Freundlichkeit, sehr mochte, und auf diese Weise kannten wir uns untereinander sehr gut. Ich hatte damals schon gerne mit dem ältesten Sohn gespielt, denn er hatte für die damalige Zeit sehr ausgefallenes gutes Spielzeug. Außerdem gefiel er mir wegen seiner interessanten Phantasien, sodass eine regelrechte Freundschaft daraus entstanden war.

Leider hatten wir uns jedoch später völlig aus den Augen verloren, da Donatus in Darmstadt in einem Internat zur Schule gegangen war und dort sein Abitur gemacht hatte. In der Zwischenzeit gab es bei seinen Eltern festes Personal. Dann wurde eine große alte Villa gekauft mit sechzehn großen Räumen, und im Keller wurde ein nobles Bad mit einer riesigen freistehenden Badewanne eingerichtet, dazu zwei separate Duschkabinen, und eine separate Sauna. Das alles ist wichtig zu erwähnen um den weiteren Verlauf meines Lebens verstehen zu können, denn es gibt keine wirklichen Zufälle, sondern sie bestätigen meinen Glauben darin, dass wirklich alles von Gott wunderbar geführt worden ist.

Die Beziehung zu dieser Familie war nicht einfach so eine gute Bekanntschaft, nein über die Freikirche, in der wir uns regelmäßig getroffen hatten, fühlten wir auch eine besondere Verbundenheit. So ergab es sich, dass ich Donatus nach vielen Jahren nach meiner Scheidung, zufällig in der Stadt getroffen hatte(ich war bereits verheiratet, hatte die 2 Kinder und zu der Zeit unseres Treffens bereits geschieden. Wir beide waren über diese Begegnung so überrascht, dass wir uns ganz herzlich begrüßten und ich seinen Vorschlag sofort angenommen hatte, mit ihm gemeinsam ein Orgelkonzert in der Marienkirche, (eine der größten Kirchen Lübecks) anzuhören. Ja, ich war doch sehr angetan und begeistert, in Erinnerung daran, dass wir uns genau dort schon einmal zufällig nach einer Christmette ganz kurz getroffen hatten. Wir beide sahen es als Schicksal an, denn damals war leider der Kontakt wieder verloren gegangen.

Dann ereignete sich einige Zeit später wieder etwas Außergewöhnliches. Es war Sommer, und da bekam ich völlig unerwartet, zu meiner großen Überraschung, eine Einladung des Vaters, eine Tour auf der Motoryacht, die in Travemünde lag, mit ihm zusammen zu unternehmen. Natürlich hatte ich dieses Angebot auch sofort angenommen, denn, wann wird einem so eine Gelegenheit geboten. So wurde diese Fahrt ein kleines Abenteuer für mich, irgendwie ein Traum, einfach so auf dem Wasser dahinzugleiten. Doch hatte ich mich innerlich gefragt, warum er mich überhaupt dazu eingeladen hatte?

Bald darauf bekam ich dann außerdem auch noch eine Einladung, mit meinen Kindern zum großen Geburtstag seiner Frau! Gerne hatte ich die Einladung angenommen, - doch, war ich etwas überrascht, dass auch die ganze Familie von Donatus Freundin zu den Gästen gehörten. Hier war nun eine merkwürdige Situation entstanden. Man kann sich gut vorstellen, wie angespannt die Situation für diese Familie war, denn sie konnten mich überhaupt nicht einordnen. Doch ich hatte überhaupt kein Problem, fühlte mich völlig frei. Nun, ganz ehrlich, nicht ganz frei, was meine Gefühle für Donatus betraf. So wurde es ein spannendes, aber ein sehr amüsantes Fest, denn ich fühlte mich mit den Kindern total gelassen, traf ich doch dort uralte Freunde, und deswegen hatten wir uns alle miteinander gut verstanden. Vor allen Dingen konnte ich mich mit Donatus sehr gut unterhalten und schnell stellten wir fest, dass wir viele gemeinsame Interessen teilten. Hier musste ich aber annehmen, dass seine andere Freundschaft beendet sei. Merkwürdig hatte ich es empfunden, dass wir gleich so vertraut miteinander waren, nun, wir kannten uns ja auch bereits aus frühester Kindheit. So kam es dann auch dazu, dass wir uns erneut verabredet hatten, und bald wurden die Treffen immer regelmäßiger. Es dauerte auch nicht sehr lange, bis wir uns dann beide entschieden hatten, diese Freundschaft auf immer zu besiegeln. Diese Entscheidung ist Donatus wahrhaftig nicht leicht gefallen, da er das Junggesellendasein eigentlich sehr geliebt hatte, außerdem musste er auch die zwei nicht mehr kleinen Kinder akzeptieren. Nun gut, nach einem Jahr wurde dann sogar die Hochzeit geplant. Auch dabei hatte dann der Vater für uns alles organisiert. Auf unseren Wunsch hin sollte dieses Fest aber auf einfachstem Niveau stattfinden, und genauso war dann auch der Ablauf. Im Lübecker Standesamt wurden wir dann getraut und anschließend wurde im engsten Familienkreis in einem sehr guten Lokal sehr edel gefeiert. Alles war insgesamt gut gelungen und ist uns allen in bester Erinnerung!

Donatus hatte in der Zwischenzeit ein Architekturstudium begonnen, was er auch mit guten Noten abgeschlossen hatte. Wir wohnten dann gemeinsam mit den Kindern in meiner Wohnung in der Moislinger Allee, in der Platz genug vorhanden war. Danach arbeitete er aber auch stets zusätzlich einige Stunden für seinen Vater, bis er das Studium beendet hatte!

XV. Mein Bruder Wilfried!

Doch jetzt ist es angesagt, die Geschichte meines Bruders, so gut wie es mir möglich ist, zu beschreiben. Damit will ich nur ausdrücken, dass ich zu ihm die tiefe geschwisterliche Beziehung durch den großen Altersunterschied niemals aufbauen konnte. Es war einfach nicht so möglich, wie ich es mir im Nachhinein eigentlich immer gewünscht hätte. Er wurde geboren, als ich bereits zwölf Jahre alt war. Meine Eltern waren überglücklich, endlich war nun doch ein Junge geboren. Meine Schwester war damals bereits in einem Alter, wo sie sich zu so einem allerliebsten kleinen Baby hingezogen fühlte und ihn, zur Freude meiner Eltern, auf liebe Weise bemuttern und dabei auch unserer Mutter sehr behilflich sein konnte. Mein Bruder ist dadurch sehr umsorgt in einer liebevollen Umgebung aufgewachsen, und entwickelte sich sehr gut. Später in der Schule waren dann seine Leistungen sehr gut, so dass er nach dem Schulabschluss ein Ingenieurstudium beginnen konnte, und dieses ebenso mit guten Abschlüssen absolvierte. Bei den „Drägerwerken" in Lübeck, fand er nach seiner Studienzeit seine Lebensstellung als Ingenieur. Die Hochzeit mit Sabine, seiner Jugendfreundin, war ein absoluter Höhepunkt für uns alle. Nach gesunden Abständen bekamen sie dann zwei Kinder. Johannes wurde zuerst geboren, und dann kam die allerliebste kleine Alina. Sie sind zwei schöne und sehr aufgeweckte Kinder. Sie packten ihre Schul- und auch die Studienzeit sehr gut, alles war ihnen aufs Beste gelungen, zur Freude für unsere Eltern.

Nach dem Tod meines Vaters, hatten sich mein Bruder und seine Frau Sabine dann dazu entschieden, das Haus meiner Eltern zu übernehmen, um meine Mutter zu entlasten. Sie fanden für sie eine freundliche kleine Wohnung ganz in der Nähe, in Kücknitz! Dort hatte sie sich sehr schnell einleben können und fand natürlich, ihrer Art entsprechend, sofort beste Kontakte zu den Nachbarn. Mein Bruder renovierte dann das Elternhaus mit sehr viel Mühe und Aufwand. Mit seiner Frau zusammen schafften sie den Umbau. So wurde aus dem kleinen Siedlungshaus ein wunderschönes Wohnhaus mit großzügigem Anbau, von dem aus ein herrlicher Blick in den Garten, und natürlich vor allem in den schönen alten Buchenwald möglich war.

Leider waren die persönlichen Kontakte zu meinem Bruder nicht so, wie ich es mir gewünscht hätte! Alle Versuche für ein persönliches Treffen wurden blockiert. Noch heute leide ich darunter, da er mein einziger Blutsverwandter aus der Generation ist. Die Mitgliedschaft und gemeinsame Chorarbeit, im Lübecker Bach-Chor, und später auch im Travemünder St.Lorenz-Chor, gaben uns wenigstens die kleine Möglichkeit, miteinander kurz Neuigkeiten auszutauschen. Hier kann ich ehrlich berichten, dass ich sehr traurig darüber war. Doch nach vielen, vielen Jahren startete ich erneut einen Versuch, ich hatte ihm einfach einen Brief geschrieben.Ich bekam dann tatsächlich eine positive Antwort, er sei offen für ein gemeinsames Treffen. Meine Freude war unsagbar groß und, etwas später hatten wir uns dann tatsächlich hier in Travemünde getroffen. Es wurde ein guter Austausch beim gemeinsamen Spaziergang über den „Kalvarienberg" und dem anschließenden Besuch einer Konditorei. Ich war sehr glücklich darüber, hatte uns dieses Treffen beide wieder etwas näher gebracht hatte!

XVI.   Martina und Michael!

Doch, wie ist es dann aber mit Martina und Michael weitergegangen? Natürlich hatte sich in der Zwischenzeit vieles verändert. Martina machte zuerst eine Ausbildung als Kindergärtnerin, und dann später noch ihren sehr guten Abschluss als Krankenschwester. Bei allem hatte sie ihr Leben stets leichter genommen als Michael, hatte sie doch eine weit bessere Kindheit erlebt als er, der leider in einer sehr krisenreichen Zeit aufgewachsen musste. Michael hatte eine angeborene praktische Begabung, so hatte er nach dem Grundschulabschluss dann die Ausbildung als KFZ-Mechaniker gut geschafft, um bald danach auch seine Meisterprüfung gut zu absolvieren. In allem hatte er besonders seinem Vater damit eine große Freude bereitet, da er unter anderem auch der Geschäftsführer dieser Innung war. Natürlich freute ich mich ebenso, da diese Zeit insgesamt für mich eine sehr aufregende Zeit war. Denn Michael hatte die

Zeit der Ehekrise nicht gut verarbeiten können und hatte wahrscheinlich am meisten darunter gelitten. Mit Bedauern muss ich hier gestehen, dass ich zu der Zeit selbst von der größten Krise meines Lebens fast erdrückt worden bin, und deswegen nicht immer eine gute Mutter für meine Kinder sein konnte. Doch dann geriet Michael leider unter schlechten Einfluss durch seinen negativen Freundeskreis. Doch das war zu der Zeit genau das, was ihn imponiert hatte und er fühlte sich durch sein „Mitspielen" von seinen Kumpeln angenommen. So geriet er natürlich in eine grenzwertige Phase, aus der wir ihn dann gemeinsam mit Hilfe eines Anwalts rechtzeitig wieder herausholen konnten.

Mittlerweile wurde mir dabei bewusst, dass die Kinder längst ihre eigenen Wege gefunden hatten und meine Meinung eigentlich nicht mehr gefragt war. Nun, sie waren eben „flügge" geworden, wie man diesen Zustand so schön nennt.

Doch bei allem war absolute Wachsamkeit gefordert, um sie vor dem Schlimmsten zu bewahren.

Bald änderte sich für beide Kinder das Leben, als sie eine größere Erbschaft von einer Tante des Vaters machen konnten. Tante Erna, so war ihr Name, war uns zu ihrer Lebenszeit, trotz der späteren Scheidung, stets sehr wohl gesonnen. Als heile Familie hatten wir sie einige Male in Berlin besuchen können, und die Sympathie war auf beiden Seiten. Sie war sehr gut situiert und uns wohl gesonnen, ja, sie hatte uns sehr gerne gehabt. So ist sie mir gerade in der Zeit nach der bitteren Scheidung sehr entgegen gekommen, als es mir finanziell sehr schlecht gegangen war. Sie hatte uns dann regelmäßig Lebensmittelpakete geschickt, unter anderem auch viele Leckereien für die Kinder. Das war mir eine sehr große Hilfe, und, sie hatte uns damit auch sehr viel Freude gemacht. Manchmal schickte sie mir auch eine kleine finanzielle Unterstützung, sie war eben eine von Herzen gute, aber auch sehr korrekte, distanzierte vornehme alte Dame. Sie selbst hatte keine Familienangehörigen mehr, als nur meinen Mann und Brigitte, seine Schwester. Damit waren sie auch ihre einzigen großen Erben. Als sie verstarb, wurde das Erbe nach einem Testament verteilt. Diese Erbschaft ermöglichte es Martina und Michael, einige ihrer Träume zu verwirklichen. Beide hatten den Wunsch, die Welt besser kennen zu lernen und große Reisen zu machen. So zog es beide Kinder dann auch, nach ihrem Tod, in die große weite Welt.

Martinas Ziel war zu allererst Amerika zu entdecken, und zusammen mit ihrer Freundin, war es ihr auch möglich, wenigstens einen kleinen Teil zu sehen. Das nächste Ziel war für sie der Ferne-Osten, ihn besser kennen zu lernen. Nachdem sie mit ihrem Vater schon einmal nach China gereist war,(das war eine organisierte Reise), zog es sie dann auch bald wieder dorthin, und zwar reiste sie nach Thailand. Sie blieb recht lange dort und arbeitete dann sogar als Fremdenführerin. Fast ein ganzes Jahr blieb sie in diesem Land und fühlte sich dort sehr wohl. Natürlich ist sie, dem Alter entsprechend, in dieser Zeit nicht allein geblieben, nein, sie hatte einen Freund dort kennen gelernt, „Nish" war sein Name. Nach einem Jahr Aufenthalt, ist sie dann wieder zurückgekommen, und den Freund brachte sie dann mit nach Hause, mit der Absicht, ihn hier dann auch unbedingt zu heiraten. Doch all ihre Pläne sind doch nicht so aufgegangen, wie sie sich es gedacht hatte. Nun ja, das alles war für uns doch sehr gewöhnungsbedürftig und sehr fragwürdig, denn sie hatte uns vorher nicht informiert. Rückblickend muss ich gestehen, dass ich meine Kinder mit zu viel Toleranz erzogen hatte. Auch muss ich feststellen, dass ich vielleicht nicht immer das gute Vorbild für sie gewesen bin und hier ist es nun angesagt, dass ich unbedingt Abbitte leisten muss!

Doch, wie waren aber Michaels Pläne? Nun, von dem geerbten Geld plante er mit einem Freund eine Reise durch Amerika zu machen, mit dem Ziel, „Hawaii" kennenzulernen. Diese Reise muss für ihn sein einziger Traum gewesen sein, alleine dort im Surfer-Paradies seine Surfpraktiken zu erproben und neue dazu zu lernen. Mit Sicherheit waren die Wellen in dem Ozean eine totale Herausforderung für sie gewesen. Es schien ihnen auch gut gelungen zu sein, denn fortan wurde das Surfen zu seinem Hobby, welches er dann auf der Ostsee ausüben konnte. Dann wechselte er zum Segelsport über um dann auf großen Yachten mit einer Mannschaft zu segeln und später dann an internationalen Ostsee-Regatten teil zu nehmen. Innerlich hatte ich mich gefreut, denn er war nicht der große Abenteurer, der eine Überseereise alleine machen würde, doch mit dem Freund zusammen hatte er einen guten Begleiter. Ich wollte niemals genau wissen, was sie dort alles erlebt hatten, denn ich bin ganz sicher, dass ich wenigstens das Positive erfahren hatte. Als Mitbringsel ließ er sich einen (alten) Sportwagen, einen „MG", per Fracht nach Deutschland schicken. Nun gut, jeder hatte auf seine Weise heimliche Wünsche erfüllen können. Doch für ihn war dieser Kauf gleichzeitig der Start für eine eigene KFZ-Werkstatt, und, das war gut angelegtes Kapital. Diese Firma ist nach wie vor sein Lebens- In- und Unterhalt geworden, so dass er bald einen Mitarbeiter einstellen konnte.

Cordula, die Tochter unseres Pastors, schaffte es schließlich, sein Herz zu erobern. Zuerst hatte er sich durch die Erwachsenentaufe für Jesus entschieden und ist der Gemeinde beigetreten. Dann wurde die gemeinsame Hochzeit geplant, und daraus wurde eine einzigartige Traumhochzeit. Rosen über Rosen umgaben die beiden, ja, es regnete sogar Rosen, bei allem, sie waren überglücklich. Das Grundstück, was sie dann bewohnt hatten, diente vom hinteren Teil als Auto-Werkstatt, während sich im vorderen Teil des Gebäudes die Wohn-räume befanden. Dazwischen wurde dann die große Halle für Gymnastik und Tanzschule für Ballett umgebaut, in der Cordula ihre Gymnastik-und Ballettkurse durchführen konnte. Leider war die Ehe nicht sehr glücklich verlaufen. Obwohl sie sich stets gut verstanden hatten, hatten sie sich nach vielen Jahren getrennt. Jeder lebt nun sein eigenes Leben, doch nach wie vor begegnen sie sich in bester Freundschaft.

Michael hatte bald eine kleine aber schön gelegene Dachwohnung gefunden, die er sich sehr gut eingerichtet hatte. Mittelpunkt dieser Wohnung ist die kleine offene Küche, in der er sein Hobby als Gourmetkoch sehr gut nutzt. Ab und zu dürfen wir dann auch mal seine Gäste sein, was ein jeweiliges „Highligt" für alle Gäste ist.

Doch, wie ist es dann aber mit Martina weiter gegangen? Nachdem sie von ihrem Erbanteil die halbe Welt bereist hatte und ihr Freund aus dem fernen Osten wieder in seine Heimat gezogen war, fand sie in der Hamburger Uniklinik eine feste Stellung. Erst arbeitete sie als Krankenschwester, übernahm dann aber eine gute Position in der Verwaltung, wo sie bis heute noch tätig ist, natürlich auch mit viel Verantwortung. Während dieser Zeit hatte sie „Ibrahim", ihren Mann (afrikanischer Abstammung) kennengelernt. Bald heirateten sie beide und wurden sogar christlich getraut (als Haustrauung), obwohl er immer noch bis heute seinen moslemischen Glauben, mittlerweile fanatisch auslebt. Natürlich dauerte es eine geraume Zeit bis ich mich mit den Gegebenheiten abfinden konnte, doch war ich ja bereits Kummer gewohnt. Dann wurde als erstes Kind „Ilias" geboren. Ein wunderschöner Junge, der sich sehr gut entwickelt hatte, genau wie dann auch seine Schwester, die allerliebste Nora, die drei Jahre später dazu kam. Beide Kinder hatten eine starke soziale Kompetenz, da sie seit frühster Kindheit im Hort und später im Kindergarten aufgewachsen waren. Die Eltern mussten natürlich beide arbeiten, trotzdem konnten sich beide Kinder sehr prächtig entwickeln.

Zwei auffallend schöne intelligente Kinder: Ilias, der Älteste hatte nebenbei die Schauspielschule besucht und durch seine besondere Begabung und durch seine Fähigkeiten hatte er auch gleich Erfolg, so dass er dann von einem bekannten Hamburger Theaterteam ausgewählt worden ist, in dem Musical „Der König der Löwen" die Rolle des „Simba" für lange Zeit zu übernehmen. Später schaffte er einen sehr guten Abiturabschluss mit dem Ziel Medizin zu studieren. Nora machte die „Mittlere Reife" auf dem praktischen Weg. Sie hatte ganz andere Ziele, sie wollte für ein Jahr als „Opair-Mädchen" in die USA reisen, dort ihren Unterhalt zu verdienen und dann natürlich auch Land und Leute besser kennen zu lernen, natürlich dabei auch die Sprachekenntnis zu verbessern. Die Eltern sind zwar geschieden, der Vater ist mit einer Afrikanerin wieder verheiratet und hat weitere drei Kinder. Doch bei allem, sie haben nach wie vor Kontakt, da sie in der Nachbarschaft leben und sich dadurch auch des Öfteren begegnen.

XVII.   Das Schwarzwaldhaus!

Die Freundschaft meiner Mutter zu meiner Schwiegermutter war von jeher sehr gut. So kam es, dass die beiden zusammen in dem Schwarzwaldhaus, das im südlichen Hochschwarzwald lag, oft längere Zeit verbracht hatten. Die Familie hatte dort ein recht großes Grundstück geerbt, mit einem romantischen alleinstehenden, einfachen Holzhaus, unmittelbar am Waldrand gelegen. Vom oberen Geschoß war die ganze Schweizer Alpenkette sichtbar Daher plante mein Schwiegervater einen Neubau auf diesem einzigartigen sehr großen Grundstück und übergab einem Architekten, diesen Auftrag. Daraufhin sind wir beide, mein Mann und ich, damals sehr oft diese 800 km Strecke gefahren um dort vor Ort mit dem Architekten gemeinsam den Neubau zu planen und zu gestalten, um die Möglichkeiten alle auszuschöpfen um dieses

einmalige Grundstück sinnvoll zu nutzen.

Donatus hatte bereits sein Architekturstudium fast beendet, so war dieses Objekt natürlich eine gute und interessante
Aufgabe und Herausforderung für uns
beide, ohne aber die Verantwortung für
den ganzen Bau zu haben. Das alte Gebäude wurde dann abgerissen, da es in
dem alten Haus nicht mit rechten Dingen zugegangen war, wie man so schön
sagt. Ja, es hatte dort gespukt, und wann
immer wir dort übernachtet hatten, war
ich das Opfer. Die Geister fühlten sich
durch mich gestört, und das war für
mich sehr belastend und unheimlich. In
den ersten Nächten, die wir dort verbracht hatten, kam ein Wesen über mich
und wollte mich ersticken, ich musste
sehr stark nach Luft ringen, und glaubte
zu ersticken. Das empfand ich so grausam, dass wir letztendlich im nächstge-
legenen Hotel übernachtet hatten. Ja,
der Platz dort oben war ein sehr mysti-
scher Ort.

So plante mein Schwiegervater dort einen Neubau vom aller Feinsten zu errichten. Donatus und ich waren die einzigen, die mit dem Architekten vor Ort die großzügige Planung gemacht hatten. Genauso war dann ein Traumhaus, angepasst an den Baustil der Umgebung, geplant und errichtet worden. Wir beide waren letztendlich die einzigen die diese Bauphasen auch begleitet hatten, und waren viele Male die tausend Kilometer gefahren, bis alles fertig und abgeschlossen war. Doch dann hatten wir kaum mehr die Möglichkeit, dort Urlaub zu machen, da die Geschwister meines Mannes, mit ihren Kindern dort ihre Ferien verbringen durften. So war an diesem wunderbaren Ort ein Haus entstanden, mit insgesamt drei abgeschlossenen Wohnungen. Ein wahrhaftes Traumhaus, mit diesem einmaligen Blick auf die Schweizer Alpenkette. Mit meinem Schwiegervater bin ich dann als Erste dorthin gefahren. Die erste Nacht war mir wieder ziemlich unheimlich, doch, mein Schwiegervater war der einzige, der mir wirklich geglaubt hatte. So konnten wir letztendlich nichts dagegen tun, als eben zu beten. Genau das hatten wir dann auch gemeinsam regelmäßig getan, und es wurde besser. Ich konnte schließlich ohne Ängste dort wohnen.

Unser Leben und unsere Zeit wurde sehr davon beansprucht, uns um die ganzen Abwicklungen zu kümmern, die mit dem Hausbau angefallen waren. Als dann alles fertig war und gut eingerichtet war, ja, dann war für uns kein Platz mehr, da der Rest der Familie dort Urlaub machte. Wir fuhren nur noch zum Skilanglauf dort hin, was uns sehr gut getan hatte, um die winterliche Landschaft genießen zu können. Da meine Mutter von je her mit meiner Schwiegermutter befreundet war, (durch die beiden Frauen war ja überhaupt die gute Beziehung der Familien zustande gekommen), waren die beiden Mütter natürlich auch des Öfteren zusammen in den Schwarzwald gefahren. Sie konnten dort stets eine schöne Zeit verbringen und hatten stets sehr viel Spaß miteinander gehabt. Es wurde dort natürlich viel gesungen, da meine Schwiegermutter eine gut ausgebildete Sopranistin war und viele Konzerte gegeben hatte, ebenfalls hatte meine Mutter auch eine sehr gute Stimme.

XVIII. Der Tod meiner Mutter

Genau dort in dem Haus hatte sich dann eines Tages jedoch etwas Schreckliches zugetragen, was sich keiner je hätte vorstellen können. In der Zeit, wo die beiden Mütter so friedlich miteinander ein paar Wochen verbracht hatten, passierte dann dieses große Unglück. Abends hatte meine Schwiegermutter aus dem „Messias" die Arie gesungen, "Ich weiß, dass mein Erlöser lebt", und beide Mütter hatten noch mit uns telefoniert. Überrascht und schockiert waren wir umso mehr, als am nächsten Morgen ein Anruf von meiner Schwiegermutter kam. Voller Verzweiflung berichtete sie uns, dass meine Mutter in der Nacht verstorben war. Morgens sei sie nicht zum Frühstück gekommen, so hatte sie dann nachgeschaut und mit Schrecken festgestellt, dass sie in der Nacht verstorben war. Ruhig und sanft war sie dort für immer eingeschlafen. Diese Nachricht versetzte uns einen regelrechten Schock und in eine unendlich große Traurigkeit.

So hatte sich mein Schwiegervater am nächsten Tag gleich auf den Weg gemacht, um alles weitere vor Ort zu organisieren. Niemals kann ich im Nachhinein bis heute verstehen, wie er in dieser Situation reagiert hatte. Natürlich hatte ich ihn gebeten, mich dorthin mitzunehmen um von ihr Abschied zu nehmen. Doch, wie groß war meine Enttäuschung, als er mir eine Absage auf diese Bitte hin gab. Mir war es doch ein ganz großes tiefes Bedürfnis, von meiner Mutter Abschied nehmen zu können, was mir sehr am Herzen gelegen hatte, und sich in diesem Falle doch angeboten hätte. Niemals werde ich es verstehen können, was da vor sich gegangen war, und das machte mich unendlich traurig. Wir konnten dann wenigsten die Urne auf dem Friedhof in unserer Nähe beerdigen. Bei allem hatte er die vollen Kosten der ganzen Beerdigung übernommen.

XIX. Das Haus in Travemünde

Die wunderschöne, große 4-Zimmer Wohnung, die wir in der Moislinger Allee bewohnt und in der wir uns alle sehr wohl gefühlt hatten, wurde uns leider durch eine neue Verkehrsumstellung plötzlich durch den ständigen Lärm unerträglich. Die Straße wurde zu einer wichtigen Verkehrsanbindung zur Autobahn, das hatte für uns zur Folge, dass wir auch in den Abendstunden keine rechte Ruhe finden konnten. Es war uns einfach zu laut geworden. So fingen wir an, uns nach einer anderen Wohnung umzuschauen. Schließlich wagten wir es auch, nach kleinen Häusern zu schauen, da ich etwas Geld von dem Verkauf unseres kleinen elterlichen „Anwesens" geerbt hatte. Mein Bruder hatte das Elternhaus übernommen und mir meinen Anteil ausgezahlt. Wir hatten uns daraufhin etliche Objekte angesehen, von denen uns viele gefallen hatten. Jedoch zögerten wir, vorzeitig eine

Entscheidung zu treffen, und wollten nicht übereilt handeln. So geschah dabei eine wundersame Geschichte, die uns alle wieder ins Staunen versetzt hatte.

Was war geschehen? Regelmäßig besuchten wir den Gottesdienst einer Freikirche, und, wie es der große Zufall wollte, traf ich dort eine Bekannte aus der Kindheit. So versäumte ich es nicht, sie gleich nach dem Gottesdienst anzusprechen. Natürlich war die Freude groß, denn wir konnten uns beide daran erinnern, dass wir uns in einem Kinder-Zeltlager an der Ostsee, kennen gelernt hatten, welches von der Kirche organisiert worden war. Natürlich hatte ich sie und ihre Familie eingeladen, zu uns zu kommen. Es wurde eine schöne Zeit und ein reger Austausch, denn wir hatten uns viel zu erzählen. So nebenbei erwähnte ich, dass wir auf der Suche nach einer Eigentumswohnung oder auch nach einem kleinen Häuschen wären. Nun gut, das alles hatten wir längst vergessen, als nach ein paar Tagen jedoch das Telefon klingelte und meine Freundin uns einlud, ein Haus in Travemünde anzusehen, welches intern zum Verkauf angeboten war und ihrem eigenen Haus direkt schräg gengenüber lag. Wir konnten es kaum fassen und waren total begeistert, als wir uns das Objekt angesehen hatten. Ja, die Beschaffenheit des Hauses, die Aufteilung der Räume, alles passte gut in unsere Vorstellung. Vor allem imponierte uns das große gut eingewachsene Grundstück, ohne hintere Bebauung, wir schauten nur ins Grüne mit sehr altem Baumbestand. Daraufhin wurde der Kaufvertrag schnell unterzeichnet, und bald konnten wir nach ein paar Renovierungsarbeiten auch schon dort einziehen.

Um diesen Ausblick auch bei schlechtem Wetter genießen zu können, ließen wir dort nach einigen Jahren einen großen vollverglasten Wintergarten errichten und im oberen Geschoß einen ebenso großen Balkon. Die Bankgeschäfte und alle bürokratischen Aufgaben konnte Donatus als Fachmann gut organisieren. Natürlich waren wir sehr dankbar, dass ihm sein Vater dabei sehr geholfen hatte, auch das finanzielle zu regeln. Somit hatte für uns nun ein neuer Lebensabschnitt in ganz anderer Qualität stattgefunden. Wir mussten uns natürlich von meiner wunderbaren Wohnung trennen, jedoch für ein noch viel schöneres „Zuhause". So begann für uns ein unbeschwertes schönes Leben, wir fühlten uns sehr wohl in der neuen Umgebung, nutzten die Vorteile, wie z.B. an heißen Tagen schnell mit dem Fahrrad an die Ostsee zu fahren und dort ein erfrischendes Bad zu nehmen. So konnte ich meinen Arbeitsplatz am Skandinavienkai, wohin ich zum Ende meiner Dienstzeit versetzt worden war, ebenso auch mit dem Fahrrad erreichen. Donatus bekam nach seinem Studium eine Anstellung beim Denkmalamt in Lübeck und später dann bei der Baubehörde in Hamburg einen sehr verantwortungsvollen Arbeitsplatz, der natürlich dann aber mit einer sehr langen und stressigen Fahrtzeit verbunden war. Der Vorteil für ihn war, dass er von jeher gerne Auto gefahren ist.

XX. Nachsatz:

Rückblickend kann ich nur sagen, dass alles in meinem Leben sehr spannend und manches sogar kurios verlaufen war, auch wenn ich heute vieles in meinem Leben anders entschieden hätte, um mir die großen Krisen, die ja fast zur Katastrophe geführt hätten, zu ersparen. Doch letztendlich war es meine Geschichte und rückblickend bin ich durch diese kritischen Phasen meines Lebens sehr gereift. Vor allem kann ich heute immer wieder bestätigen: ohne meinen Glauben an Gott, meinen Vater und an Jesus, seinen Sohn, der gesagt hat: „Ich bin bei euch alle Tage, bis an der Welt Ende", hätte ich dieses Leben bei all seinen Herausforderungen nicht meistern können. Wie oft kam mir der Gedanke, dem Leben ein Ende zu setzen, doch das „wie" hinderte mich davor, diesen letzten Schritt auch zu tun. Vor allem war es auch natürlich die Verantwortung meinen Kindern gegenüber.

Nur allein durch den Glauben an Jesus hatte ich dieses ungewöhnliche Schicksal ohne Schaden überstehen können. Natürlich war dadurch mein Glaube sehr gewachsen, denn durch ihn hatte ich wieder Trost und Kraft, vor allem aus der täglichen Bibellesung, gefunden.

In diesem Jahr werde ich im Juli 75 Jahre alt. Ich habe aus diesen bewegten Jahren lernen müssen, jeden Tag, der mir geschenkt wird, dankbar anzunehmen. Natürlich fordert das Alter seinen Preis, doch versuche ich mich wenigstens fit zu halten und mache jeden Morgen meine 15 Minuten Gymnastik und zweimal wöchentlich eine längere Walkingtour. Bei allem was geschehen war, muss ich feststellen, dass der Alterungsprozess nicht auf zu halten ist. Vielleicht war mein Leben insgesamt zu aufregend verlaufen, doch jetzt habe ich meinen Frieden gefunden. Ich bin immer noch mit Donatus glücklich verheiratet, wir haben beide gelernt, gegenseitig Kompromisse zu machen, und so empfinde ich unser gemeinsames Leben als sehr angenehm und manchmal sehr spannend, wie wir es trotz mancher Auseinandersetzungen so lange geschafft haben. Doch dafür kennen wir uns ja wirklich schon eine „Ewigkeit". Wir haben die Höhen, aber auch die Tiefen sehr gut gemeistert, auch, wenn wir manchmal an unsere Grenzen gelangt waren. Vielleicht hat er es genauso empfunden, denn, einfach sind wir beide niemals gewesen. Ich war eigentlich stets der absolut harmoniebedürftige Mensch, doch haben wir beide es schließlich geschafft, uns einander anzupassen. Ich habe lernen müssen Toleranz zu üben, was mir nicht immer leicht gefallen war, und ich bin mir ganz sicher, dass es Donatus wohl ähnlich gegangen ist.

Was uns jedoch immer wieder auf einen Nenner brachte, war unser gemeinsamer Glaube, natürlich auch die Mitgliedschaft in einer christlichen Freikirche, in der wir beide durch unsere Familien schon tief verwurzelt waren. Dort hatte man uns zu gegebener Zeit, zur Mitarbeit in leitenden Positionen berufen. Als Gemeindeleiter machten wir gemeinsam mit einem weiteren Ehepaar jahrelang die Leitung dieser großen Gemeinde. Das forderte uns heraus, aber machte uns viel Freude. Vor allem wurde durch diese Zeit unser Glaube besonders gestärkt. Dann wurde ich sogar dazu berufen, Predigten zu halten, woraufhin ich viel guten Zuspruch bekommen hatte und sie waren mir sehr gut gelungen, ganz ohne Eigenlob. Das kann ich nur so ausdrücken, denn es ist wichtig zu erwähnen, dass ich für die Ausarbeitungen der Predigten Themen als Vorlage nutzte, die zu meiner Erweckung geführt hatten. Ein sehr begnadeter Erweckungsprediger aus Hamburg, sein Name war Wolfram Kopfermann, hatte vor vielen Jahren in Hamburg vollmächtige Predigten gehalten. Daraufhin kam es damals zu einer großen Erweckung in Hamburg, die eben auch zu meiner Erweckung führte, als ich viele dieser Gottesdienste besucht hatte Diese Predigten inspirierten meinen Glauben, und dieses Juwel konnte ich nicht für mich behalten. Natürlich waren diese Ausarbeitungen niemals wortgetreu, sondern vom Text und von der besonderen Auslegung des Wortes, die mich damals ganz persönlich berührt hatten. Durch Veränderungen in unserem Gemeindekreis gab ich die Arbeit innerhalb dieser Gemeinde auf. Jahre später hatten Donatus und ich uns sogar dazu entschlossen, aus dieser Traditionsgemeinde unserer Familien auszutreten. Das war ein gewaltiger Schritt, denn meine beiden Kinder sind nach wie vor Mitglieder dieser Kirche. Wir hatten uns entschieden in die Lübecker Baptistengemeinde einzutreten, nachdem wir durch einen Besuch von Freunden, den „erweckten" Pastor in der dortigen Gemeinde kennenlernen durften. Wir sehen dieses Geschehen nicht als Zufall an, sondern als Fügung und sind sehr glücklich über diesen bedeutenden Schritt, den wir danach gemacht hatten. Ja, das ist es, was uns wirklich zusammen hält, der gemeinsame tiefe Glaube. Meine beiden Kinder hatten sich übrigens ebenso taufen lassen, meine Tochter, die in Hamburg lebt ist mit beiden Kindern ebenso tief verwurzelt mit der Freikirche, während mein Sohn sich im Moment ganz und gar zurückgezogen hatte. Doch will ich ihm damit den Glauben an Jesus niemals absprechen.

Die Höhepunkte in unsere Ehe sind eigentlich sehr reizvoll geworden, denn wir haben dabei sehr viele gemeinsame Interessen entwickelt, die es uns leichter machen, unsere viele Freizeit im Rentenalter zu gestalten. Wir reisen sehr gerne, da hat sich nichts verändert, doch wir wollen eigentlich nur noch bequem reisen, möglichst ohne Reisestress. In den letzten Jahren sind wir von Jahr zu Jahr abwechselnd, entweder nach Israel oder nach Ägypten gereist. Unsere große Liebe gilt nach wie vor dem „Roten Meer". Warum das so ist, das muss ich doch auch noch mit einfügen. Beide sind wir sehr gute Schwimmer, wir lieben dieses Meer, wegen seines höheren Salzgehaltes, es hat eine sehr gute Tragfähigkeit. Außerdem sind wir von den traumhaft schönen Korallen Riffs begeistert, mit den einzigartigen, bunten, schönen Korallenfischen. Die Wassertemperatur beträgt meistens 28 °, worin man sich sehr gut eine Stunde aufhalten kann um somit recht viele Arten von Fischen zu entdecken, die großen, wie z.B. Delphine, Barrakudas, aber auch das Schwimmen mit Schildkröten ist dabei ein besonderes Erlebnis.

Kennengelernt hatte ich dieses besondere Meer auf einer gemeinsamen Reise mit Martina, als wir mit einem Mietwagen von Tel Aviv aus, durch das ganze Land Israel gereist waren. Dabei lernte ich die Einzigartigkeit dieses Landes kennen, besonders aber die Beschaffenheit des „Toten Meeres". Durch den sehr hohen Salzgehalt schwimmt man wie ein Korken auf der Wasseroberfläche. In dem Wasser gibt es kein Lebewesen, denn die Konsistenz ist dickflüssiger durch den hohen Salzgehalt als jedes normales Wasser. Seitdem hatte sich auch Donatus dafür begeistert, und seitdem fahren wir alle zwei Jahre im Wechsel nach Israel oder Ägypten, also waren wir in jedem Jahr einmal am „Roten Meer". Seitdem sind uns diese Reisen sehr wichtig geworden. Wir haben uns außerdem vorgenommen, auch Europa besser kennenzulernen, wie z.B. auch Busreisen zu machen u.a. nach Venedig. Einmal quer durch Deutschland zu fahren und über die Alpenpässe, das stellten wir uns ganz spannend vor, und genauso war es dann auch. London übt nach wie vor einen großen Reiz auf uns aus, wie auch Brüssel und natürlich auch Paris.

Letztendlich hängen all diese Planungen von unserem körperlichen Befinden ab. Es war uns stets wichtig auf unsere Ernährung zu achten und essen daher sehr viel Gemüse und regelmäßig, aber wenig Fleisch. Gesundheitlich sind wir mit dieser Kost gut davor, gehen aber regelmäßig zum TÜV (ärztl. Kontrolle). Ja, wir hatten alles ausprobiert, auch die fleischlose Kost hat uns sehr kreativ werden lassen. Doch im Nachhinein sind wir wieder bei der guten Mischkost gelandet. So geht es uns gesundheitlich im Verhältnis sehr gut. Natürlich sind wir medizinisch mit Medikamenten gut eingestellt. Wir haben uns beide in der Hamburger „Endo-Klinik" je eine neue Hüfte einbauen lassen, alles hervorragend und alles war ohne jegliche Probleme gelungen. Ich habe eine Herzinsuffizienz und bin deswegen schon lange in Behandlung. Auch gegen Vergesslichkeit gibt es beste medizinische Unterstützung, so kann das Leben auch im Alter schön, vor allem aber auch spannend sein. So ist es ebenso angesagt immer wieder einen neuen Weg zueinander zu finden, vor allem aber eine große Akzeptanz für einander zu entfalten, und die braucht man unbedingt im gemeinsamen „Alterungsprozess". Zwi-

schenzeitlich ist Donatus auch neurolo-
gisch medikamentös eingestellt und, seit
einiger Zeit haben wir überhaupt keinen
Stress mehr miteinander und verstehen
uns wunderbar. So ist es uns möglich
geworden, das „Alter" auch noch genießen zu können.

XXI. Israel unser Favorit!

Als Letztes möchte ich von dem Land einen besonderen Bericht weitergeben, welches uns von Anfang an am meisten fasziniert hatte. Seit der überraschenden Begegnung mit meiner Schwester in Israel hatte uns dieses Land immer wieder angezogen. Natürlich erinnerte ich mich bei allen weiteren Reisen nach Israel stets an dieses einzigartige Zusammentreffen mit meiner Schwester. Es übt seit dem auf uns eine besondere Anziehungskraft aus. Wir mieteten uns stets einen Auto, um uns all das anzusehen und zu verinnerlichen, was uns wichtig war. Diese Reisen starteten wir ganz im Norden, um von dort mit der Gondel auf den Berg „Hermon" zu fahren (mit über 1000 m ist er der höchste Berg in Israel), um von dort aus dann über das weite Land schauen zu können. Wir waren dort unmittelbar an der Grenze Syriens mit dem Blick auf die Stadt „Konetra". Von dort sind wir dann meistens durch das ganze Land gereist um auch die vielen Naturwunder und auch immer wieder neue historische Stätten kennen zu lernen. Das „Tote Meer" übte eine besondere Anziehungskraft auf uns aus, denn dieses einmalige Salzmeer verführte uns jedes Mal zu einem langen Bad (d.h., sich auf dem Wasser treiben zu lassen). Vor uns erhob sich das einzigartig geformte Felsmassiv „Massada". Das war jedes Mal ein Höhepunkt, mit einem Lift auf diesen Berg zu fahren, um dort die alten historischen Ruinen der ersten Siedlungen anzusehen, mit dem unsagbar schönen Rundblick über den südlichen Teil des Landes. Dann ging es stets weiter durch den „Negev" um dort dann aber unbedingt in der einzigartigen Oase „White Cannon" Halt zu machen, um uns vom Zauber dieser Schlucht begeistern und verzaubern zu lassen. Sie ist von steilen weißen Felsen umgeben, die sich zum Ende hin verjüngen und ein Wasserfall aus ca. 50 Metern Höhe hinabstürzt in die weiße Schlucht mitten in das grüne Wasser des kleinen Sees. Diese Farbkontraste, die Stille und Abgeschiedenheit mitten in der Wüste, erfüllen uns mit einem unbeschreiblichen Zauber. Eine Begegnung der besonderen Art war die Entdeckung eines einzigartigen Tieres, welches wir nie zuvor gesehen noch darüber etwas erfahren hatten. Mitten in der Wüste hatten wir eine kleine Verbindungsstraße gewählt, auf der uns dieses Tier plötzlich begegnet war. Natürlich hielten wir in einiger Entfernung sofort auch an und wagten sogar ganz langsam auf dieses Tier zuzugehen. Wie durch ein Wunder blieb es stehen und schaute uns mit neugierigen großen Augen an. Kaum zu glauben, aber wir sind auf dieses große Tier (es ähnelte einem Lama) vorsichtig zugegangen, und, kaum zu fassen, wir konnten es streicheln. Später konnten wir herausfinden, dass es sich um einen „Asiatischen Wildesel" handelte. Niemals je zuvor hatte ich von so einem Tier etwas gehört noch jemals so ein weiches dichtes Fell streicheln können.

Dann ging es stets weiter durch den felsigen Teil der Wüste bis ganz an das „Rote Meer", zum südlichsten Punkt Israels. Dort lernten wir zum ersten Mal die besondere Beschaffenheit des „Roten Meeres" kennen und lieben, vor allem die Vielfalt der farbenprächtigen Fischarten, die sich am bunten Korallenufer der Bucht tummelten. Diese Eindrücke konnten wir durch Schnorchel-Touren vertiefen, und waren begeistert und fasziniert von dem herrlich warmen Wasser. Mittlerweile hat uns das „Rote Meer" immer wieder in seinen Bann gezogen. So reisen wir einmal im Jahr nach Ägypten, da das Reisen dorthin billiger angeboten wird. Auf diese Weise haben wir natürlich auch das ganze Land, aber stets organisiert, kennen und auch lieben gelernt, wie z.B. durch Bustouren am Nil entlang. So sind wir u.a. auch in Kairo gewesen um in den berühmten Musen die noch berühmteren ältesten Ausgrabungsstücke zu bewundern und ebenso die alten Pyramiden und Tempelanlagen. Aber die Faszination des Roten Meeres hat uns stets am meisten begeistert, das Schwimmen mit Schildkröten oder auch die Begegnung mit Schwärmen von Delphinen, wo wir sie sogar berühren konnten, das alles hat schon eine besondere Dimension.

Doch haben auch die europäischen Länder unbedingt ihren großen Reiz an besonderen Kulturdenkmälern, die uns ebenso sehr interessieren. London ist immer wieder ein besonderer Anziehungspunkt für uns. So hatten wir dann gewagt, eine sogenannte „Rentnertour" per Bus durch Deutschland, über die Alpen und dann nach Venedig zu machen, mit bester Führung und der Besichtigung der berühmtesten Sehenswürdigkeiten. Ebenso nahmen wir an einer 10-tägigen Gruppenfahrt nach Rom teil. Dabei hatten wir herausgefunden, dass diese Art zu reisen eine gute Möglichkeit ist, ohne Stress, mit bester Führung bequem zu reisen und dabei auch die besten Informationen zu bekommen. Rom hatte natürlich ebenso eine große Begeisterung in uns ausgelöst, da wir auch sehr viel Zeit für die einzelnen Besichtigungen hatten.

Mittlerweile erleben wir jetzt unseren letzten Lebensabschnitt, dabei geht es uns gesundheitlich sehr gut. Wir ernähren uns sehr gesund, nicht mehr „vegan", sondern ganz normale Kost, vermeiden zu viel Fleisch zu essen, jedoch ganz ohne „Schwein". Wir sind medizinisch gut mit Medikamenten versorgt, damit schwache Herzen wieder stark werden. Nun, im Gesicht zeigen sich die ersten kleinen Fältchen, na und? Durch gute Pflege kann man einiges hinauszögern. Diese Fältchen zeigen sich natürlich auch an anderen Teilen unseres Körpers. So kann es eben auch mal passieren, dass sich das Erinnerungsvermögen verändert hat, denn man kann sich gut vorzustellen, dass sich ein wichtiger Gedanke gerade in einem Fältchen im Gehirn versteckt hat. Das bedeutet wiederum, dass man bei allem Bemühen, einfach keinen Zugang zu ihm findet; na und? Priorität hat die Gegenwart, und diese bewusst wahrnehmen zu können und sich an ihr zu freuen, auch, des Spaßes halber einmal übermütig zu werden, um herzhaft zu lachen, das tut der Seele einfach gut! Ja, so hatte ich „meine Zeit" stets in „seine", ja, in Gottes Hände gegeben und kann nun stille sein im Vertrauen auf ihn. Er wird auch das Ende gut machen, wenn er aus all meinen „Unwegsam-keiten" jeweils etwas „Wunderbares" werden ließ, so darf ich ihm vertrauen, dass "Er" auch das Ende meiner Lebens-zeit wunderbar vorbereitet hat.

XXII. Nachsatz 2

Wenn man mir heute begegnet, wird man mich immer mit einem verschmitzten Lächeln sehen. Warum? Nun, das ist von den vielen Höhen und Tiefen meines bewegten Lebens übriggeblieben. Heißt es doch so schön, „der Humor stirbt zuletzt!"

Zeitfracht Medien GmbH
Ferdinand-Jühlke-Straße 7
99095 Erfurt, Deutschland
produktsicherheit@kolibri360.de